ADefesa dosDois Cavalos
e outras histórias

EDITOR-CHEFE
Rodrigo de Faria e Silva
TEXTOS
Alexandre Ganan
CAPA E ILUSTRAÇÕES
Tainan Rocha
PROJETO GRÁFICO E DIAGRAMAÇÃO
Ronaldo Barata
REVISÃO
J. R. Penteado

Dados Internacionais de Catalogação na Publicação (CIP)

Ganan, Alexandre;

A defesa dos dois cavalos e outras histórias / Alexandre Ganan – São Paulo: Faria e Silva Editora, 2020.

Selo Camaleão

p. 128
ISBN 978-65-990504-8-0

1. Literatura brasileira   2. Contos brasileiros

CDD B869   B869.3

Copyright © 2020 Alexandre Ganan

A Defesa dos Dois Cavalos
e outras histórias

de **Alexandre Ganan**
com ilustrações de **Tainan Rocha**

À Beatriz Narita

"Vi terras da minha terra.
Por outras terras andei.
Mas o que ficou marcado
No meu olhar fatigado,
Foram terras que inventei."

Manuel Bandeira

Aos dezoito anos, deixei a pequena cidade onde nasci para estudar em São Paulo. Ao voltar, em viagens ocasionais, notei que, pouco a pouco, ela ia se transformando. Alguns lugares, antes importantes, mudavam. Outros, que na minha lembrança eram grandiosos, passaram a ser pequenos. Os locais onde trabalhei e estudei, a árvore onde vi um homem enforcado, a estrada rural que era assustadora, os namoros, o canavial onde assassinaram um padre, as rivalidades, as histórias, tudo sublimou a ponto de se tornar uma imagem que não correspondia mais àquela cidade que eu via. A geografia da memória é nostálgica.

Eu tenho um carro de bois na sala de casa. Pessoalmente, nunca vi um desses trabalhando de verdade. Quando nasci, todos já haviam sido substituídos por caminhões e sua existência resistia apenas em canções antigas que, em verdade, deixavam de lado a dureza da vida no campo em prol de uma poesia cheia de saudade. Se eu mesmo nunca vi, o que ele faz na minha sala? Que passagens emotivas ele evoca?

As dez pequenas narrativas deste livro são uma forma de pensar sobre isso. Seu ambiente é um espaço histórico que, embora persista, não existe. É terra inventada. A intenção oculta que moveu sua redação foi visitar aspectos de história pessoal, mas também memorial e coletiva. Boa parte do que há nelas eu entreouvi de personagens reais ou busquei em uma tradição oral ainda muito mal documentada. São muitas as histórias de viagens estranhas, bois e boiadas, fastasmagorias, crimes horrendos, justiça e vingança que existem na memória coletiva e testemunham o grande êxodo rural que marcou a formação do chamado "Brasil moderno". Modestamente, quis trazer algo delas aqui.

Agradeço imensamente ao amigo Ronaldo Barata pelo projeto gráfico e ao Rodrigo Faria e Silva, que acreditou na publicação de histórias que ainda não haviam sonhado com o papel impresso.

Meu irmão Tainan Rocha, com seu traço certeiro, forte e onírico, deu a este livro o que tem de bonito.

Alexandre Ganan

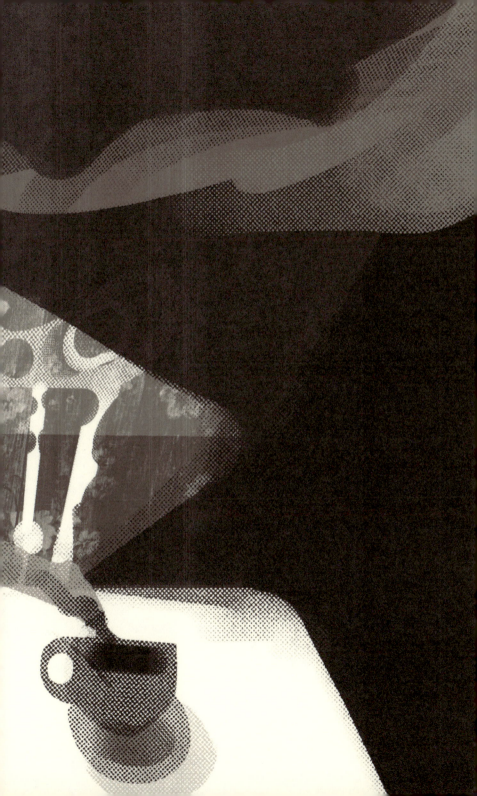

Índice

Aboio	13
O Retrato do Coronel	21
A Defesa dos Dois Cavalos	31
Bala de Ouro	47
À Sombra do Velho Jatobá	53
O Boi Soberano	63
Ixé Anh'eng	73
Manuel	83
O Manuscrito 512	93
O Terceiro Canto do Galo	107
Labirinto	115

Aboio

Uma cidade ali era quase uma anomalia. Nem fazia sentido. Para os antigos, que não viviam assim, ela era uma agressão aos olhos, uma ferida aberta no meio da paisagem verde e plana cortada pelo rio ao pé do qual levantaram primeiro as construções em adobe, substituídas depois por concreto, ferro e asfalto.

Estranha por si só, o fato de ela ter sido abandonada era ainda mais inusual. Eu mesmo só acreditei quando vi com meus olhos. Até então, como muitos daqui, achava que não passava de mais uma história macabra, dessas que o povo inventa pra exorcizar seus próprios medos e pecados. As construções, afinal, mesmo as destruídas pelo fogo, poderiam ser reconstruídas, aproveitadas, uma cidade nova poderia ter nascido, é claro!

Mas não foi o que houve, sabe Deus o porquê. Deixo aqui escrita a história do jeito que me contaram porque nunca se sabe o quanto tem de verdade nessas narrativas de viajantes. Costuma ser mais longa a vida das coisas sem explicação. Além disso, os poucos relatos escritos foram redigidos muito depois e em condições que, a bem da verdade, não permitem alguma confiança.

O que contavam - sem escrita - é que havia um velhinho, velhíssimo, que vivia sentado no banco de pedra de uma praça morta. A cidade, embora se movesse, estava também morta há muito tempo, velada pelo que fazer constante, pelas atividades cotidianas que não permitem pensar. O velho usava um chapéu antigo de boiadeiro, desses que não se encontram mais. Fincadas em seu rosto estavam as marcas profundas dos seres que existem há muito. Porém, os olhos tinham uma vivacidade de quem enxerga mais, adivinha algo... de loucos, portanto, concluíam.

Diziam, sem que ninguém soubesse ao certo, que fora herdeiro de terras e dinheiro, tendo renunciado a tudo para ficar ali, sentado, observando o vai e vem de pessoas e carros que, para ele, era um cortejo fúnebre (como costumava resmungar).

Quando era jovem e são, conta-se, trabalhava como barqueiro na barranca do rio à beira do qual se ergueu a cidade. Naquele tempo, ainda não existia a ponte. Só havia a poeira vermelha impregnada no mundo e a barca, a dele, seo Heraclitiano, que fazia a travessia de tudo que não fosse boi.

Ele contava, no tempo em que ainda não era mudo, que tinha bem frescas na memória, como se fosse agora, as boiadas que atravessavam o rio para continuar sua marcha do outro lado, pelo caminho poeirento que depois cobriram com asfalto e deram nome de ex-presidente.

Mas se lembrava e gostava de falar, com os olhos esbugalhados, sobre aquelas noites quando a lua clara iluminava o rio e as veredas daquele mundo vazio de gente e repleto de ser.

Quando enlouqueceu de vez, parou também de falar. Passava os dias calado, olhando aquele movimento que, apesar de seu frenético passar de coisas e gente, parecia não se mexer na direção de lugar nenhum. Mas só parecia... no fundo, só ele sabia. Por isso, lembrava-se de como era o mundo antes da cidade e se perguntava, com o mesmo silêncio das perguntas das grandes árvores, o que nasceria mesmo daquela massa condenada à morte.

Seguiu assim, em silêncio, até o dia do grande incêndio.

O fogo começou com um raio que atingiu a árvore embaixo da qual ficava o velho. Se alastrou pelos grandes galhos, atingiu outras árvores e chegou aos telhados das construções do entorno. Naquela praça estavam construídos os maiores prédios da cidade: a Igreja, o Fórum e o Paço - como antigamente se chamava a curiosa associação entre prefeitura, câmara e cadeia pública. Por mais altos, foram os primeiros a serem invadidos pelas chamas que, a partir deles, desceram para as casas, avançando resolutamente uma a uma, devorando todas as construções, como num plano ordenado.

Em pouquíssimo tempo, toda a cidade ardia em chamas.

Apavorados, alguns dos habitantes sucumbiram ao medo e acabaram também devorados pelo fogo e pelos desabamentos. Alguns tentaram usar a água como fosse possível enquanto outros correram pra se jogar no rio, mas era tarde. Não houve tempo para reação e nem para socorro. Mais sensatos foram os que abandonaram as construções a tempo para ir às ruas observar, impotentes e impávidos, aquele espetáculo de morte.

Conformados, sem absolutamente nada que pudessem fazer, observavam com um misto de temor e admiração. Talvez essa tentação de observar a morte de algo bem de perto venha não de uma curiosidade mórbida, mas de um senso obscuro de que cada morte traz em si outra morte, num ciclo que estranhamente chamamos de vida... isso é o que contam que pensava o velho enquanto permanecia imóvel no seu banco costumeiro, em meio ao caos, apesar dos insistentes chamados dos outros (que tampouco sabiam para onde ir).

"O senhor vai morrer, sai daí!"
"Pelo amor de Deus, homem... se mexe!"

E ele nada... quieto como um monumento.

Foi só quando o fogo já havia consumado as construções todas e se aproximava que o velho se levantou e, para o pasmo de todos, atravessou as chamas da praça para chegar nas clareiras abertas das ruas sem qualquer ferimento. Mais que com o inusitado daquilo, os demais se assustaram com a expressão no rosto de seo Heraclitiano: claramente não era o mesmo. Ou, em outra versão que ouvi, eles viram o velho com os mesmos olhos com que o velho os via quando imaginavam que ele fosse louco: um fogo em si, uma calma aparente contendo um aluvião em potência.

O susto foi rompido quando o velho abriu a boca e rompeu seu silêncio de tempos com um aboio, um canto muito antigo. O som vocálico e melodioso trazia emoções tão densas que pareceia possível tocá-las no ar, como se a música passasse a ocupar todo o espaço. Primeiro, entrou pelas pessoas, para arrebatá-las. Depois, espalhou-se pela cidade para tocar as chamas que ainda crepitavam. Pouco a pouco, mansa e fortemente, aquele som apagou o incêndio.

Quando se deram conta, os habitantes perceberam que não mais pertenciam a si mesmos e que também entoavam o aboio do velho, junto com ele, respondendo a ele, entregues à fluidez de algo que não conseguiam – e já não buscavam – explicar.

Cantando, o velho deixou atrás de si as montanhas de escombros e cinzas e caminhou na direção do rio, acompanhado pelos hipnotizados sobreviventes.

Ali, seguindo aquele canto, qual bicho entregue à natureza, ignoraram as águas e atravessaram a ponte. Para longe. Para além.

O Retrato
do Coronel

Quando o retrato do Coronel Ricínio começou a falar, eu ainda era muito jovem pra entender o absurdo da situação. Somente muitos anos depois, na época em que os estudos e a vida na capital me preencheram com um racionalismo cético - que geralmente vem irmanado a cinismos de ocasião - fui atinar para a anormalidade daquele enorme retrato falando no Salão Nobre do Paço Municipal.

Por que só agora resolvi lembrar-me disso, quando os ventos da morte se aproximam de meu corpo adoentado, não sei. Essa história, como tantas outras, havia caído no desfiladeiro da memória de infância que, para cada dor real, produzem uma impressão tão bela quanto inventada pela nostalgia. Por óbvio, retratos não falam! Provavelmente, minha consciência expurgou o fenômeno que agora emerge, exigindo que eu o deixe registrado. Mesmo porque, como única testemunha ocular ainda viva, cabe a mim a responsabilidade de legar esse relato aos que se interessam por coisas antigas.

Era um retrato grande, desenhado à mão e bico de pena por algum artista cujo nome, infelizmente, ninguém mais se lembrava e nem se lembra. Bem pequeno, no canto direito da ilustração, seu autor cuidou apenas de deixar anotado o ano da sua confecção: 1840. Logo abaixo, colocaram uma pequena placa com a inscrição "Coronel Ricínio - o Fundador". Por todos os lados, lhe faziam companhia os retratos de ex-prefeitos do município, com aquele ar sombrio que acomete as coisas passadas e não lembradas.

Em verdade, não havia alguém que soubesse quem fora o Coronel Ricínio. Bem como sabiam que por intuição, que fora um político importante, homem de posses, mas isso poderia ser dito de praticamente todos os outros personagens que davam rostos às molduras do grande Salão Nobre. Bem como sabiam, claro, que se tratava de um "Fundador" e de que fora deixado ali em 1840. Os padres diziam, de ouvir de padres mais velhos, que ouviram de outros mais velhos ainda, que Ricínio havia sido o proprietário daquelas terras onde fora fundada a cidade, dono dos escravos que, baixo suas ordens, levantaram a primeira capela. Mas isso pode ser dito de muitos "fundadores" das cidades pátrias, o que torna essa versão pouco conclusiva.

Quando decidi pesquisar a fundo esse estranho caso, percorri os cartórios, arquivos públicos, bibliotecas de seminários e fóruns de todas as comarcas da região em busca de registros sobre o Coronel. Nada encontrei. Parecia até que nunca antes houvera um Coronel Ricínio e que aquele retrato representava um passado mais obscuro que a explicação pelo seu repentino dom de falar.

"Falar" é apenas um modo de dizer. O que o Retrato fazia era emitir mandamentos, a princípio banais - como quando determinou que fossem fechadas todas as janelas do Paço ou que o café fosse substituído por chás - e, conforme todos foram se acostumando, mais complexos.

Em romaria, toda a cidade passou a apinharse no Salão Nobre para ter contato com aquele fenômeno e, muito rapidamente, para acatar as ordens dadas. Falava com uma voz cadavérica, estranhamente familiar mas, ao mesmo tempo, vinda das profundezas insondáveis de todos.

O Retrato passou a determinar os decretos assinados pelo prefeito e os projetos de lei da Câmara de vereadores. Ditava ao juiz a parte dispositiva de cada sentença da comarca, determinava os temas e o teor dos sermões dos padres e das pregações dos pastores e até o diretor do jornal local, extremamente zeloso de sua autonomia, só escrevia o que o Retrato mandava. Mesmo o líder desconhecido da Loja Maçônica do Grande Oeste teve sua identidade revelada, pela língua solta do Retrato, que alterou completamente os ritos das reuniões secretas da cidade. Em pouco tempo, não havia parcela de vida ali que não fosse regulada por suas ordens.

Não eram propriamente conselhos sábios que ele emitia, mas muitos despropósitos. Mandou, lembro-me bem apesar dos anos, que o prefeito suspendesse as obras de construção dos diques que continham as águas do rio nas épocas de muitas chuvas, o que levou à maior inundação da história da cidade e até a algumas mortes. Graças a outra de suas determinações, foi aprovada uma lei com 182 artigos regulando um vestuário obrigatório dos munícipes. Para descontentamento das crianças e, como de praxe, sem qualquer explicação, proibiu a prática antiga de pedirem doces pelas ruas nos dias de Ano Novo.

Não sei se obedeciam por medo ao sobrenatural ou pelo conforto de entregar a outrem o peso da tomada cotidiana de decisões (ainda que outrem fosse um absurdo Retrato falante). Afinal, quando algo saía mal, podia-se responsabilizar o retrato, eximindo a culpa. Por outro lado, quando tudo corria bem, a certeza do acerto em guiar-se por aquelas ordens era reforçada.

E assim, o Retrato foi mandando cada vez mais. Determinava os casamentos e os nomes das crianças. Escolhia os candidatos às eleições, sempre únicos, já que ele proibira a existência de partidos de oposição (e para quê, se a eleição definia apenas os nomes dos que o iriam obedecer?). Aquele conforto inicial foi dando lugar a um desconforto que, rapidamente, evoluiu para uma sensação insuportável de opressão.

As pessoas passaram, no íntimo, a questionar o dever de obediência ao Retrato. Com as portas fechadas e à luz de velas, bem ao gosto das autoridades daquele tempo, abriu-se um longo debate sobre a justiça de uma eventual insubordinação. Os chefes políticos e juristas alegavam que desobedecê-lo seria uma afronta aos princípios mais antigos, um ataque à tradição (que deveria reger a cidade). Por sua vez, os religiosos superaram as divisões comuns e concordaram que, se o Retrato falava, era por permissão de Deus e que só Deus poderia novamente calá-lo.

Esse impasse intelectual só foi superado quando o vendedor de laranjas da praça decidiu reagir com violência à ordem de substituir aquela fruta por limões. Conclamando a todos os inconformados, chefiou a rebelião.

Rapidamente, as insatisfações e despeitos se somaram e descambaram para a agressão indiscriminada. Acusadas de omissão e cumplicidade, as autoridades e classes proprietárias foram atacadas: assassinatos em massa foram cometidos, propriedades destruídas, igrejas incendiadas. A ira popular convergiu para o prédio do Paço, disposta a atear fogo e destruir aquela maldita galeria de onde o Retrato do Coronel Ricínio falava.

Já com o prédio em chamas, houve a invasão. Populares, sob a liderança do vendedor de laranjas, adentraram o Salão Nobre, enlouquecidos pela fúria, para consumar a destruição do passado. Porém, para espanto de todos, o Retrato não estava mais lá.

O restante da galeria sim, e cada uma daquelas representações dos antigos chefes, mesmo sem nunca terem falado, receberam sobre si o ímpeto de destruição. O Retrato, contudo, sumira tão misteriosamente quanto começara a falar. Foram ordenadas buscas pelas cidades e redondezas, sem nenhum sucesso. Simplesmente, desaparecera.

Quando a ordem voltou a imperar, após uma pesada intervenção das tropas estaduais, os inquiridores se negaram a responsabilizar os desmandos de um Reatrato falante por aquela onda de destruição. O enorme inquérito, ao qual dediquei muitas noites em claro, não traz uma única palavra sobre isso, preferindo associar o incidente à raiva tradicional que os pobres devem nutrir pelos ricos. Sentenças exemplares contra as lideranças da rebelião foram prolatadas e a história verdadeira ficou relegada unicamente à memória de quem a presenciou.

Hoje, mesmo na minha cidade natal e no seio de minha família, há quem considere que perdi o juízo por começar a "inventar histórias" e que nunca teria existido um coronel Ricínio ou seu retrato.

Contudo sempre que observo os comportamentos e decisões, quer seja de populares, quer seja das autoridades, não posso deixar de supor que o Retrato do Coronel Ricínio fugiu da galeria do Paço para encontrar uma forma de continuar eternamente soprando suas ordens nos ouvidos de cada um.

A Defesa dos Dois Cavalos

Veio da Índia, é praticamente consensual.
- Não sei, professor... há outras teorias que o senhor está desconsiderando.
- Teorias falsas! E você se lembra delas unicamente porque acha que tudo veio da China.

Jogávamos uma partida de xadrez. Eu sempre fui péssimo, nunca tive a paciência ou a concentração necessárias a um bom jogador. Mas o professor gostava e eu jogava mais pela conversa que pelo jogo. As partidas eram feitas no escritório amplo, em um tabuleiro grande, de madeira de lei, com peças talhadas por um artesão que seguiu o desenho clássico e medival. O peso e a qualidade do material davam um ar de mais respeito e notoriedade àquele tabuleiro na mesa do centro. Eu descumpria a regra do elegante silêncio para disfarçar meu jogo ruim e perturbar o oponente, sensível demais a quaisquer informações que contradissessem seu vasto conhecimento sobre o xadrez (teoria e história).

- Há jogos semelhantes na China e ainda mais antigos... é razoavel supor que...
- Xeque!
- Hum... Supor que o wei qi seja um antepassado distante, continuei ao mesmo tempo em que deslocava uma torre para proteger meu rei ameaçado.
- Isso não faz o menor sentido. O wei qi é um jogo de cerco, de luta por uma posição mais vantajosa. O xadrez é um jogo de vitória total, sem meios termos. Veio foi da

Índia antiga, caminhou de lá com os persas, conquistou o mundo muçulmano e chegou à Europa pela Ibéria no tempo do Califado, por volta do seculo X. E xeque!

- Assim como a filosofia, chegou pelas mãos dos árabes... disse eu, para diminuir a irritacão do meu velho professor que pronunciava a palavra "xeque" alguns decibéis acima do usual.

- Sim... dos árabes. Mate! Não sei por que você insiste em levar a partida até o fim, mesmo quando sabe que vai perder.

- Para a conversa ficar mais longa - sorri.

- Para me irritar, na verdade. Mas essa conversa sobre tipos de jogo me fez lembrar de uma historia antiga, quer ouvir?

- Eu venho, na verdade, é pelas histórias, professor. Conte!

- Comecemos mais uma partida. Agora é você quem vai me ouvir enquanto joga. Dessa vez, vá com as pretas. A história é estranha, mas tem seu sabor. Envolve uma parte da minha vida que nunca lhe contei. Sabe que nasci no interior, não!? De onde eu venho, as eleições eram um jogo para poucos, além de muito perigoso. Muitas vezes, perder nas urnas trazia consequências gravíssimas. Quando era criança, vi um candidato a prefeito derrotado ser arrastado pelas ruas da cidade, amarrado a um cavalo, enquanto sua casa era incendiada pelos partidários do vencedor. Como se não bastasse, o ritual foi repetido muitas outras vezes usando um bode no lugar. Como ele se chamava mesmo? Carlos! Do sobrenome não me recordo. Houve ainda um outro - esse lembro bem - Gerônimo Sales, morto a tiros na

porta da casa, na frente dos filhos. Morreu porque o outro aspirante à Prefeitura preferia ser candidato único.

Chama-se Afonso, meu professor, como aquele rei sábio de Castela que, além de um código de leis memorial, assinou um precioso manual de xadrez. Também meu professor pensava, como seu célebre homônimo, que o jogo oferecia ao observador perspicaz uma imagem da justiça. Para ambos, tratava-se de algo belo porque justo: haveria total paridade de armas, absoluta simetria entre os dois oponentes. Sem sorte ou azar, força física ou fraqueza, cada jogador teria à sua disposição apenas a inteligência. Venceria, simplesmente, o melhor. Para mim, nada mais avesso à verdade da vida do que aquela ideia – apreciável, é verdade – de equanimidade. Mas, para o professor, o xadrez comportava uma ética que, se aplicada, resolveria todos os problemas do mundo, um idealismo que me caía muito mal e não combinava com o usual senso de realidade do professor.

- O caso é que uma nova eleição para prefeito estava chegando. Dois políticos da região aspiravam ao cargo e lideravam seus respectivos bandos. Hoje, isso pode soar estranho a vocês, mais jovens, mas era muito comum que lideranças dessa natureza se cercassem de oligarcas, batinas e gente armada. Os partidos eram mais esses agrupamentos de famílias e agregados incorporados do que instituições de fato. Bem, desnecessário dizer a você que ambos os chefes eram proprietários de terra, donos de plantações e de pes-

soas, gente que mandava mais do que a lei.

- E, em algum momento houve essa lei mandando mais que as pessoas donas dela, professor?

- Lá vem você... Não me atrapalhe. A lei deve ser como a do xadrez: clara. No jogo, a seguimos e deveríamos fazer o mesmo nos outros assuntos. Era a lei que regulava as eleições. Estabelecia normas de campanha, critérios de justiça e paridade de armas. Mas entre o jogo jogado e o jogo regrado havia uma distância enorme. Os dois candidatos empregavam largamente os métodos mais sujos. Distribuíam presentes, davam dinheiro, prometiam empregos, disputavam favores dos políticos da capital, ameaçavam... O curioso é que isso se dava num ambiente de alegado respeito às normas. Mesmo aqueles excessos de violência não eram vistos como desvios, mas sim como consequência natural e esperada para qualquer um que aceitasse se empenhar no jogo. Quem quisesse escapar daquele destino, era melhor desitir antes, assim que pressentisse a derrota, exatamente o contrário do que faz você, torturando seu rei até o xeque mate. Aliás, usar a "prussiana" não condiz com sua personalidade.

O professor não gostava de lidar com a defesa dos dois cavalos, ou "prussiana", como ele chamava. Dizia que ela era agressiva demais e, portanto, perigosa para quem está na desvantagem e precisa iniciar a partida se defendendo. Embora ele insistisse que o xadrez é um jogo justo por sua absoluta paridade de armas, quem sai com as brancas tem sempre maior chance de vitória. É a vantagem de poder definir o rumo, lançar-se primeiro ao centro do tabuleiro. A defesa com os dois cavalos é uma manobra desconcertante e poética justamente por isso: ao ameaçar o centro, como se a primazia fosse delas, as peças pretas conseguiam responder de forma orgulhosa, desdenhosa, altiva e, porque não, até arrogante. Eu gostava da provocação que ficava insinuada, embora o desenvolvimento do jogo mostrasse que aquilo não passava de um gesto vão, já que, rotineiramente, era o meu rei que tombava, não o do professor, quer jogasse com as pretas quer jogasse com as brancas.

- A questão, naquela eleição, é que ambos eram muito fortes e confiantes. Eu havia chegado ali há pouco tempo. Era professor recém-formado e fui designado para uma cidade pequena, como até hoje castigam os novatos. Como havia crescido em um povoado ainda menor, não sofri o estranhamento que você sofreria. Não pense que recebi qualquer tratamento especial, como costumava acontecer a outros colegas. Lá, eu era tratado como mais um empregado dos donos do lugar. Um peão avançado, talvez, com alguma proteção, é certo, mas ainda um peão. Não sabia que outra força empurrava meu destino adiante... sinto que divago. E você, não seja tolo. Pode voltar o movimento, me recuso a tomar sua dama com tanta facilidade.
- Me distraí com a história, disse eu.

Quebrei a regra, retornei a peça ao lugar e me fechei no semblante reflexivo de quem pensa atentamente no jogo.

- Um dos candidatos se chamava Rui Lopes. Era um homem robusto, de meia idade. Sempre trajava calças de linho, camisas bem passadas, abotoadas até o pesçoco, botas de montaria e um chapéu pantaneiro que deve ter comprado em uma das viagens que fazia para pescar no Mato Grosso. Não andava armado, mas seus capangas sim... Aonde ia, levava aquele séquito de seguranças com cara de morte. Quem abandona a própria vida pra cuidar da do outro já é uma pessoa que começou a morrer. O outro candidato era Pedro Damiano, o desafiante. Era mais jovem, embora não parecesse. Gostava de se fazer de povo e se vestia com roupas de trabalhar com gado. Coisa rara naquele tempo, não usava chapéu – diziam que era promessa. No rosto, exibia uma cicatriz - um corte que começava no queixo e avançava até o pé do olho - perfazendo um desenho sombrio e de origem ignorada. Não tinha tantos jagunços em torno dele, mas gostava de andar armado, exibindo um parabélum como se fosse uma relíquia sagrada. Nos dias de hoje, um tipo daqueles jamais seria candidato.

- E de onde veio essa gente?

- O Rui era dali, filho e neto de fazendeiro e político. O Pedro era de fora. Contavam que apareceu bem moço na região e foi comprando terra, negociando gado. Você sabe como essas coisas são, dinheiro chama dinheiro. Certamente, não havia na cidade ninguém mais rico que os dois. Continuando, a campanha foi aberta pelo Rui, com aqueles clássicos movimentos de cooptação e a facilidade dos que podem caminhar sobre a cabeça dos outros. Além da distribuição de favores e promessas, ele tinha um apoio forte logo de saída, o da Igreja. O monsenhor da cidade, padre antigo e venerado, apoiava o Rui e não deixava passar púlpito sem dizer isso abertamente. Era um homem ladino e malicioso. Hoje penso que ele realmente acreditava que fazia o correto, mesmo que aquilo o tivesse levado ao fim trágico que teve. Era um sujeito muito maniqueísta, só conseguia enxergar um lado de qualquer situação, incapaz de empatia. Para ele, o Pedro era um oportunista que se aproveitava do povo para tirar do Rui um direito hereditário e quase sagrado...

- E regado a fartas doações à paróquia, suponho. O senhor não vai mais jogar?

- Você vai perder em 13 lances. De novo! Escute, você vai gostar de como isso termina. É algo que nunca lhe contei. O pessoal do Pedro não gostava de ver o monsenhor trabalhando abertamente pelo Rui. No começo, apenas faziam cara feia, mas quando a disputa começou a se desenhar deixando claro que era o Rui quem tinha as rédeas da situação, os diabos saíram dos esconderijos. Foi em uma missa de domingo. Todas as famílias importantes da cidade estavam sentadas nos bancos da Igreja, cumprindo seu dever social. Os candidatos, claro, também. Vendo os dois ali, o monsenhor achou que deveria acrescentar mais elementos em sua profissão de fé e fez, sem nenhum constrangimento, uma das suas mais violentas pregações contra o Pedro. Falou de "forasteiros", de "filhos de Cam", do "amaldiçoado Caim", coisa que eu nunca tinha visto. Até o Rui, sentado na primeira fila, mexia-se desconfortável no banco. Pedro Damiano olhava impassível para o padre, aguentando os desaforos com um rosto de estátua, como tempestade contida. Foi só no amém final que ele trovejou no meio do silêncio tenso que tomou conta do lugar. Tirou da cinta aquela arma velha, apontou calmamente ao monsenhor, que parecia não acreditar no que via e, quando finalmente alguém gritou para que ele parasse "pelo amor de Deus", puxou o gatilho. Plac! O eco seco do tiro reverberou junto com o barulho do corpo do padre tombando de cima do púlpito. Hoje, parece que aquele instante durou uma eternidade, mas foi questão de segundos. E, em mais alguns segundos, os partidários do Rui sacavam armas e respondiam também com tiros na direção do Pedro e seus aliados.

— De tão religiosos, escolheram uma igreja para isso?

— Te agradou a ironia? Dali saíram doze mortos, sem contar os feridos. Como o diabo protege os seus, nem o Pedro e nem o Rui morreram, embora tenham sido atingidos. Eu, que estava nas fileiras do fundo, escapei ileso.

— E depois disso ainda teve eleição?

— É aí que entra a força do inusitado, meu caro. Há coisas que só acontecem no interior. Num momento raro de iluminação consternada, os dois entenderam que aquilo não podia continuar daquela forma. O dia do velório, com doze cortejos fúnebres pelas ruas da cidade a caminho do cemitério, irmanou as pessoas. As perdas, afinal, foram de lado a lado. Rui e Pedro deram o passo inimaginável e acertaram uma rodada de negociações para definir outra forma de duelo. O encontro aconteceu na casa da dona Vera, uma senhora respeitada, viúva de político, que decidiu convidar algumas outras pessoas para testemunhar o resultado. Eu estava entre elas. Primeiro, os dois tentaram conversar a sós, na mesa armada na sala de visitas. Quando ficou claro o impasse com a quase evolução para as vias de fato, dona Vera interviu e suge-

riu que eles ouvissem sugestões dos demais presentes.

- Não passou pela cabeça de ninguém simplesmente fazer uma campanha eleitoral nos marcos da lei? Deixar as pessoas votarem livremente e dar a vitória a quem tivesse mais votos?

- Você não é de lá, você não entende. Esse jogo democrático tinha as regras tão mal compreendidas que eleição, para eles, era aquilo que faziam e não essa descrição seca de um processo pacífico. A primeira proposta foi de um duelo corpo a corpo, recusada pelo Rui com o argumento de que o diálogo era usado exatamente para evitar que mais sangue fosse derramado. Outra foi a ideia de organizar um jogo de cartas qualquer, igualmente rejeitada sob a alegação de que sorte e azar não poderiam ser os critérios. Foi aí, em meio à indefinição, que eu achei a ocasião para intervir.

- O senhor?

- Sim! Como disse, eu era jovem. Tomei coragem e pedi a palavra. Debaixo dos olhares daqueles dois homens ferozes, fiz a defesa apaixonada do xadrez. Tudo poderia ser resolvido em uma partida desse belo jogo. Repeti o que você já me ouviu dizer mil vezes: que era justo, com paridade de armas, que só dependia da capacidade de cada oponente. Falei com tanta propriedade e ardor que os convenci. Bateram na mesa, apertaram as mãos e decidiram que o próximo prefeito seria aquele que vencesse o outro em uma partida de xadrez.

- E eles sabiam jogar?

- Não, e esse era o problema. Ninguém ali conhecia esse jogo que você acredita ter vindo da China. Nunca haviam ouvido falar. Eu fui como aquele árabe anônimo

que apresentou o tabuleiro e as peças aos ibéricos. Claro, ciente de que vivia um momento histórico, me ofereci para ensinar as regras e apoiar no que fosse necessário, o que foi aceito sem contestação. Decidiram que a partida seria disputada em campo aberto, para que a população eleitora pudesse acompanhar o desenrolar da disputa. E assim foi feito. Após uma semana na qual lecionei teoria do xadrez aos dois candidatos, o palco foi montado, com arquibancadas de madeira em quadrado, à semelhança do tabuleiro. Não exagero em dizer que ao menos duas mil pessoas assistiram de perto à partida, o que era uma avalanche de gente dada a população diminuta do lugar. O Rui jogou com as brancas e o Pedro com as pretas. Os primeiros lances de parte a parte foram usuais, conforme eu ensinei. Mas logo vi que estavam apenas repetindo, muito seriamente, o que haviam memorizado, como se fossem leis...

- Uma pergunta, professor. Essas pessoas assistindo entendiam o que estavam vendo? Também aprenderam a jogar?

- Mas claro que não! Nem havia tempo pra isso. O que elas sabiam, sem dúvida, é que estavam diante de um momento grave, com regras e com um vencedor, ao final. E isso era tudo que bastava.

- Ah, por um instante imaginei que o senhor houvesse consolidado uma platônica república do xadrez.

- Não seja tolo, repúblicas platônicas não existem. Preste atenção, já estou terminando. Quando já haviam feito os lances que memorizaram, os dois jogadores começaram a se confundir com as peças. Mas o estado de concentração na disputa era tamanho que eu mesmo não ousei in-

terromper para corrigir (até porque, nunca se sabe quando a linha tênue do equilíbrio será rompida). Eles seguiram movendo as peças à sua maneira, sem respeitar as regras seculares do xadrez. Torres andavam nas diagonais, bispos em linha reta, saltando por outras peças, reis fugiam dos ataques velozmente e por quantas casas quisessem. De xadrez mesmo só havia o tabuleiro e as peças, mas o jogo era outro. Não obstante, passaram-se horas assim, sem que Rui e Pedro chegassem a algo que ambos entendessem como uma definição. Quando se aproximou a noite, solicitaram com gravidade a guarda do tabuleiro por representantes dos dois lados e retomaram a "partida" na manhã do dia seguinte. E foi assim por dias e dias...

    - Dias?

    - Justamente. No segundo, ainda houve algum público, mas no terceiro somente os mais próximos partidários acompanhavam o jogo. A questão é que se, para mim, nada daquilo fazia mais sentido, para Rui e Pedro fazia muito. Pensavam imensamente antes de cada jogada, analisavam com o cenho franzido a disposição sem regras aparentes das peças sobre o tabuleiro e não davam qualquer indicação de que desistiriam. De alguma maneira, o xadrez, ou seja lá como eu deveria chamar aquilo, os capturou.

    - "Somos peões deste jogo do xadrez que Deus trama..."

    - Sim! Conheço Omar Khayyan! Não estrague minha história com pedantismo. Quando os notáveis da cidade se deram conta de que o jogo não acabaria nunca, passaram a buscar alternativas. Rui e Pedro estavam tão absortos que, se é que perceberam as articulações ao redor, não se incomodaram em ser descartados como alternativa *ao cargo de prefeito. A dona Vera, que já havia me alçado à condição de benfeitor local, autor da solução que colocou fim a um período de violência, propôs a minha candidatura!*

- A sua?

- Sim! E candidatura única, sem mais impasses. Os notáveis não podiam aceitar como alternativa segura nenhum dentre eles, tamanha a desconfiança herdada daquela missa sangrenta. Acabaram acatando a solução. Quando as eleições foram enfim realizadas, fui eleito com mais de 90% dos votos. A participação não era alta, analfabetos não votavam e eram a maioria. Mas fui eleito! Foi minha única aventura política e acredito que deixei um pequeno legado de paz.

- De fato, essa história eu não conhecia. O senhor é uma pessoa de surpresas. Quero ouvir mais sobre isso. Mas, antes, o que aconteceu com os dois candidatos?

- Nunca mais se intrometeram em política. Continuaram no tabuleiro por muito tempo ainda. Quando concluíram que haviam empatado, apertaram as mãos e recomeçaram o jogo. Devem ter feito isso até a morte. O que eu nunca tive coragem para perguntar foi que tipo de regras eles acabaram inventado. Mas isso não importa. Seja qual for, o xadrez e a vida são jogos infinitos.

- Essa frase bem vale mais uma partida, vamos?

- Claro! Como eu dizia, é um jogo inventado há séculos, na remota Índia...

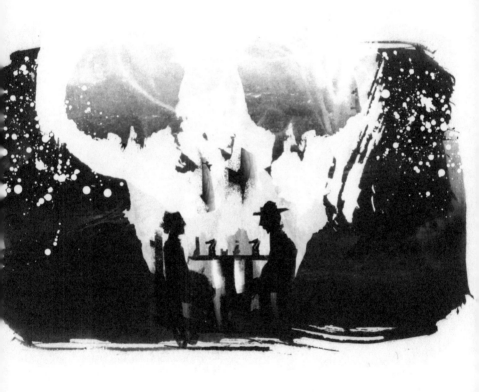

Bala de Ouro

Diz que foi em Gorutuba, cercanias de Janaúba, sertão das Minas Gerais.

Conta o povo do lugar que ali viveu um padre, vindo do São Francisco: "Seu nome era José Vitório e pra vitória ele vinha, mas acabou encontrando a morte em sazão de bruxaria".

Narram que, em meados dos 1800, Zé Vitório chegou jovem na então próspera São José do Gorutuba com a tarefa de assumir a paróquia. E contam que bem rápido ele tornou-se chefe, proprietário e guerreiro, não tardando a disputar, na regra da época, com a elite do lugar. Primeiro, com os advogados: o Fórum da Comarca de Grão Mogol abriga ainda os processos que José Vitório moveu contra seus inimigos e os que eles bancaram contra o padre. Depois, com a violência que naquela época chamavam "a política".

Um fato revelou a todos o poder do padre e rompeu os fechos que ainda existiam aos limites de sua autoridade e poder: uma emboscada preparada por cinco pistoleiros não conseguiu lhe tirar a vida. Contam que uma das balas atingiu seu pescoço e o perfurou em um dedo e meio de profundidade, ricocheteando de volta. Depois disso, chegou até Montes Claros a história do padre que tinha corpo fechado e mandava em terras e gentes em São José de Gorutuba.

Claro que as suspeitas surgiram sobre sua condição de preposto de Deus. Afinal, todo mundo sabe, de ouvir dizer, que um bom cristão quando toma tiro morre, vai pro céu, descansa ou até vira beato, santo, protetor dos que ainda estão por aqui.

Só sobrevive mesmo a tantas mortes é quem o Diabo gosta. Por isso, não é a Ele mas a ele a quem se deve recorrer quando se quer fechar o corpo pra continuar sem termo na terra fazendo maldades. E o padre José Vitório fez das suas. Tornou-se chefe de jagunços, dono de escravos e, como consta em processos contra si, mandante de assassinatos.

Mas, como tudo tem sua hora (e como as mais antigas mitologias atestam sem margem à dúvida), mesmo um chefe desse porte, com poder sobre almas e corpos, tem seu ponto fraco. O de José Vitório foi revelado, inadvertidamente, por ele próprio: só seria morto se baleado com um único tiro, de uma bala de ouro, benzida por ele mesmo.

Quando revelou esse segredo, embriagado por seus feitos, não sabia que os inimigos reuniriam coragem traçar o seu destino. Afinal, mesmo um homem de corpo fechado por obra de não se sabe quem, poderia ser ultimado. Foi fácil arranjar um atirador com pontaria e coragem para enfrentar o mistério - gente assim nunca faltou, ainda mais naquele lugar. Mas ainda era necessária a bala de ouro, benzida pelo proprio José Vitório.

Alguns dizem que um sacristão subornado alocou essa bala sorrateiramente debaixo da manta que cobria o púlpito da igreja, conseguindo, à custa dessa traição, que o mágico instrumento da morte fosse benzido pelo padre, para receber as propriedades imateriais necessárias para consumar o crime.

Outros, em uma versão mais depurada pela sabedoria do povo - que inventando compreende a si mesmo - preferem contar que a bala foi benta na forma de um pingente colocado em uma criança batizada pelo padre: o abençoamento da morte ocorria no ato de celebração da nova vida.

Como nada disso é provado, não passando de histórias contadas e cantadas, pode-se acreditar no que se quiser.

Fato é, e esse com registro policial, que quando chegou o dia que sempre chega, a bala de ouro foi disparada da arma de José Faustino de Sá e arrebentou o peito do padre José Vitório, em 26 de julho de 1868. Os mandantes do crime, se é que houve - e cabe à investigação sempre de tudo duvidar - nunca pagaram pelo seu ato.

Talvez sua pior punição tenha sido a longa sobrevivência de José Vitório. A polícia não registrou, mas os violeiros repetem desde aquele distante

ano que, ainda agonizante, o padre amaldiçou terrivelmente a rica São José de Gorutuba. Suas palavras foram gravadas na memória da cidade: "as terras de Gorutuba entrarão em decadência...até que as águas do rio, numa enchente nunca vista, venham lavar o meu sangue".

O sangue não foi lavado tão cedo e até podia ser visto manchando as pedras da ladeira do Gravatá, local do assassinato. Seja pelo motivo que for, também é fato que desde então a cidade foi decaindo lentamente. Perdeu sua importância econômica, a linha férrea não passou por lá e até o São José sumiu do nome oficial de Gorutuba, cidade amaldiçoada, abandonada por seu santo protetor.

Também é fato, registrado sem sombra de dúvida, que no início da década de 1980 a conclusão das obras da represa do Bico da Pedra fez com que o rio, para cumprir a profecia, subisse em escala nunca antes vista deixando debaixo d'água toda Gorutuba.

Ou melhor, quase toda.

Acima das águas restou e resta apenas a antiga igreja onde o padre José Vitório viveu suas pregações e seu divino mundanismo.

À Sombra do Velho Jatobá

Não há viagem mais perigosa que uma viagem de volta. Ouvi isso de um antigo e viajado boiadeiro que explicava como temia percorrer pela via inversa um caminho do qual já se tem ciência. No desconhecido, o viajante vai atento, olho em cada pedra, em cada rastro de bicho, em cada paisagem. Um cupinzeiro no campo, uma árvore, uma nova cor de céu, o mesmo orvalho de sempre, que é incrivelmente outro em cada chão que se pisa: o mundo assusta e deslumbra como se a pessoa acabasse de nascer. Isso força o peão a redobrar a coragem, na igual medida do medo. Agora, é no retorno que se fraqueja. É no voltar que o viajante fica mais confiante, crente que já conhece o caminho. Pior ainda, a imagem do lugar já visto não vem de forma exata - ela chega temperada pelo decantar das emoções, que afasta o que é ruim e deixa só o que é bom. Memória é negócio mentiroso. Boiadeiro velho ensina que nunca existe caminho conhecido, por mais que seja pisado de gente.

Sonhei hoje com esse ensinamento que aprendi ainda criança. Despertei no meio da madrugada e o escrevi no alto dessa página em branco - e o que é uma página em branco senão também um caminho novo?

Era a primeira de mais um dos cadernos de notas que mantenho na cabeceira da cama, ao lado da minha surrada Bíblia Sagrada, onde costumo anotar minhas orientações para os sermões e outras observações que me ocorrem - como as que me vem em sonhos, por exemplo. Desde jovem, muito antes de ordenar-me sacerdote e vir pra cá, tenho o hábito de anotar meus sonhos. Mas agora, talvez pela idade, talvez pelo muito tempo que passo submerso em mim mesmo, meu sono tem sido perturbado com mais frequência.

Às vezes, após passar muitas e muitas horas em comunhão e orações, tenho sonhado coisas estranhas. Podem ser pessoas e cenas sem sentido - como a maioria dos sonhos - como podem ser frases inteiras. Acredito que, normalmente, sejam pequenas iluminações dadas pelo Espírito, em recompensa aos meus esforços por entender minha fé (e minhas dúvidas).

Contudo, aquela fora uma premonição. Se eu houvesse percebido a tempo, teria evitado a tragédia. Essa culpa me acompanhará até o fim. Tão logo amanhecido o dia, levantei-me e fui à Igreja. Aquela era a manhã consagrada a receber as confissões. Eu imaginei que seria mais um dia comum e entediante, com os pecados comuns: desejos ocultos, trapaças, traições, e até crianças que, obrigadas pelos pais, confessavam o pecado de não gostar de ir à missa. Embora haja quem pense o contrário, quase sempre é triste e moroso ouvir os segredos e tormentos dos outros. Naquele dia foi diferente.

- Sua benção, padre César. Sei que não venho à Igreja e nem dou testemunho de bom cristão, mas preciso da sua ajuda - me disse o homem que chegava com o rosto contrito de quem percorrera um longo caminho.

Eu já o conhecia de vista (conheço todos aqui). Tratava-se do Adão Figueira, homem notório pelo tempo que passava no armazém da Rua do Rio, nome que engrandece o pequeno córrego que contorna o morro do cemitério.

- Padre, eu carrego o cometimento de um grande pecado e preciso da sua absolvição para poder voltar ao Paraíso.

Prossiga, meu filho, respondi, imaginando a princípio que aquela conversa fosse mais um efeito da bebedeira.

Ele contou que já fora lavrador, assim como sua mãe, seu pai, seus avós e todos os antepassados de que podia se lembrar, desde muito antes da construção de cidades, governos, igrejas, cadeias. Desde antes de as estradas substituírem os caminhos. Como muitos outros do lugar, ele trabalhava uma pequena roça em meia dúzia de alqueires, de onde só saía com a família para vender seus produtos na feira de domingo, aqui na Praça da Matriz. Não era uma vida fácil, o trabalho era duro e de sol a sol, mas conseguiam da terra e dos pequenos negócios o suficiente para sobreviver. Tudo ali era dele e parte dele: os grãos, as frutas, os animais, os cheiros, as cores de cada hora do dia e um grande e imemorial jatobá próximo à casa. E foi assim até chegar o usineiro.

Seu nome era e é Fernando Cobra. Já faz um tempo que ele comprou muitas terras para produção da cana que alimenta a usina. A paisagem foi inteira modificada e a região se transformou em um mar de cana-de-açúcar, inundando a cidade com reiteradas promessas de progresso. Muita gente veio de fora para o trabalho, as pequenas cidades cresceram e estradas de rodagem foram construídas para a passagem dos treminhões. No caminho disso, estava gente como o Adão.

Já ouvi relatos, nunca comprovados pela polícia, afirmando que como nem todo mundo quis de bom grado vender seu pequeno sítio, o Usineiro utilizou a violência como instrumento de convencimento. Desde surras executadas por sequazes até incêndios nas casas simples dos sitiantes, tudo foi usado para tornar a vida tão insuportável que o caminho mais seguro seria ceder. A usina chegava, derrubava as construções e arrancava as plantações para deixar só a cana. Apenas poucas árvores, úteis por sua sombra que acomodava os cortadores na hora da refeição, foram deixadas como testemunho de outro tempo. Esse foi o caso do Jatobá do sítio de Adão.

Não era essa a situação de Adão, como eu supus enquanto ouvia sua narrativa. A causa de sua entrega ao usineiro era, para ele, o grande pecado de sua vida:

- Era um dia de Natal, disse. Ele chegou na minha porteira e entrou sem pedir licença com um monte de gente sua. Tinha uns armados e outros engravatados e não sei, padre, qual dos dois me faria mais mal. Me ofereceram dinheiro em troca de arrendar minha terrinha. Era só por dez anos, depois eu podia voltar e continuar minha vidinha boa. O dinheiro não era muito, mas era mais do que o sítio me dava. E mais do que isso, eu ia poder morar na cidade, na cidade padre! Receber sem trabalhar e morar na cidade! Como eu ia dizer não? Assinei os papéis que me deram e fiz minha viagem pra cá. Só depois eu percebi que tinha entregado muito mais que minha terra.

Interrompeu seu relato com um choro agônico. Confessou que nunca gostou da nova vida e que em sonhos premidos pela saudade ainda visitava seu roçado. Quando o contrato chegou ao termo final, o usineiro lhe propôs renovação pela metade do valor.

Adão revoltou-se e decidiu voltar para o sítio e foi nesse momento que ele, em definitivo, percebeu. Sua família perdera o interesse pela terra e ele próprio nem lembrava e nem se sentia forte o bastante para recomeçar a antiga vida. Aquilo era um passado que só existia nas suas recordações, próprias de gente que se lembra de coisas que nunca existiram.

Sem lugar naquele mundo diferente, ele encontrou consolo no álcool. Os filhos acabaram tendo que trabalhar no corte da cana, naquela mesma terra que antes produzia de tudo. A esposa, cansada da bebedeira e nostalgia, lhe deixou. Ele ficara só e consciente de que um ardil de ambição lhe fizera trocar a vida pelo vazio.

- Esse é meu pecado, padre. Eu caí na tentação e hoje ando sozinho no deserto. Por isso, estou decidido a voltar, mas antes preciso da minha absolvição.

Procurei confortá-lo e expliquei que ali não havia nenhum pecado. Um erro de que se arrependia, talvez, mas pecado certamente não. Mesmo assim, a comoção daquela história me levou a absolvê-lo por um ato de pura piedade. Ele pediu a benção, aliviado, e se foi.

À tarde, horas depois, correram até mim com a notícia: Adão, o bebum do armazém, havia se enforcado naquele jatobá que sobrou de pé na terra do seu antigo sítio. Não deixou recado para ninguém. Eu fui última pessoa com quem ele conversou. Ao redor do jatobá, cercado pelo mar de cana, antes de cometer o ato ele plantou umas pequenas mudas de milho, mandioca e hortaliças, únicas testemunhas de seus últimos momentos entre nós.

Eu mesmo organizei o velório. Não apareceu quase ninguém para chorar sua morte, nem mesmo sua antiga família, apenas alguns companheiros de copo e história. Era só um homem esquecido e desterrado, cuja desgraça apenas eu podia compreender. Sei que nunca conseguirei me libertar da culpa de não ter percebido suas intenções, mas também nunca deixarei de me assombrar com o fato de que somente eu vi no rosto do cadáver uma expressão traquila de quem finalmente voltara para casa.

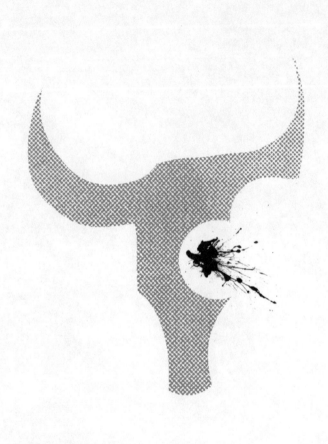

O Boi Soberano

Boiada é negócio perigoso. A gente se acostuma a ver o boi quieto, ruminando no pasto, e esquece do perigo enorme daquilo. Boi sozinho no pasto é só gado amontoado, inofensivo. Boiada não... Ela é a natureza toda se movendo no espaço com uma força potencial contida pela violência de uns poucos homens. Iguais aos bois, sozinhos ou fora dali, seriam normais e, de longe, confiáveis, sem desconfiança. Mas ali são "boiadeiros", "tropeiros", aqueles seres mitológicos que viajam por meses, andam milhares de quilômetros e atravessam lugares em que ninguém mais iria. Olhavam a natureza de frente, olho no olho, tão de peito aberto que deixavam de ser humanos para se transformarem também em boiada, parte dela, força em movimento levando poeira, esmagando o chão... Boiada, esse pacto de gente e bicho formando um todo de força bruta contida, organizada, mas a todo tempo a ponto de explodir.

Eram muito comuns as mortes devido a estouros de boiada. Tive amigos próximos e familiares vitimados por mais de um desses eventos. Claro, essas coisas não são contadas em livros de História, porque a história do pobre, já se disse, se preserva só quando alguém a canta. Foi da boca de violeiros que ouvi muitas. Na verdade, de uma violeira, dona Maria Viola. Não sei se o nome dela era mesmo "Maria", mas era assim que todo mundo a chamava. Não era uma pessoa bem quista durante o dia, quando quase todo mundo olhava torto aquela mulher que não ligava pra família e se atreveu a tocar viola. Mas de noite, nas

festas e nas casas suspeitas, ela reinava soberana. Teve alguns filhos e os deixou pelo mundo. Era o preço daquela vida livre, dizia, "ser sozinha". Quase todo dia, amargava na bebida as culpas e saudades que negava carregar. Já com alguma idade, ela escolheu ficar ali e cuidar daquela gente que a desprezava na mesma medida em que sentia inveja de sua vida livre, sem respeitar obstáculos (a existência de gente assim é, por si só, um desafio à covardia dos outros). "Essa cidade é minha criança, é ela que eu quero fazer rir e proteger da morte por tristeza", me falou uma vez. Poesia barata de cantadores? Pode ser... mas, de fato, parecia que o mundo se ordenava ao redor do som daquela viola e da voz anasalada e estridente da Maria.

No começo de uma festa, ela gostava de gastar a vontade de farra do povo em ritmos acelerados e dançantes, numa alegria que ninguém tinha coragem de mostrar na Igreja, na manhã do dia seguinte. Mas, quando entrava a noite alta e as paixões haviam esmorecido, ela começava a cantar suas preferidas, umas canções lentas que contavam histórias de outras terras, de outros tempos e lembravam dos perigos da existência. Claro, ninguém conseguia sair de perto.

Mesmo sem entender o motivo, ficavam porque aquela organização do mundo feita pela viola da Maria protegia a todos, em um pacto secreto entre o povo e a violeira. Mesmo que durante o dia lhe virassem o rosto, cumprimentassem com vergonha ou até - o que infelizmente acontecia porque tem gente ruim – lhe ofendessem. "Bêbada", "mulher da vida"... essas coisas que se falam... Até quem xingava, no fundo precisava dela. E ela deles. E era nas noites de sábado que a festa profana da Maria Viola celebrava de novo o pacto de memória e comunhão daquela pequena comunidade.

"Me alembro e tenho saudade do tempo que vai ficando..."

Era o primeiro verso cantado quando todos já haviam se cansado da farra que libertava os demônios de cada um, no barracão que ficava na esquina da Rua Independência com a XV de Novembro. Quem tiver curiosidade, não se dê ao trabalho de procurar, porque o lugar não existe mais. Acho que até as ruas mudaram de nome ali. Mas naquele tempo, era assim, do jeito que conto.

"Do tempo de boiadeira que eu vivia viajando..."

O verso original, eu soube depois, falava em "boiadeiro". Mas ela cantava assim, no feminino, a partir dela. Eu imaginava a Maria, no meio daquilo tudo, com arma na mão, porte de ponteira, vivendo aquela viagem.

A história cantava um fato real. Uma boiada grande vinha de longe, se movendo com sua natureza perigosa. Centenas de bois aglomerados, em movimento, cercados pela ação de tropeiros treinados na sua arte de conter aquela força e direcioná-la no caminho previsto. Entre os bois, havia um que se destacava: um grande, que já causara destruição ao dono que se desfazia dele no meio daquela boiada. O fazendeiro advertiu aos boiadeiros quanto ao temperamento ruim daquele bicho que até no nome era diferente: Soberano.

A viagem prosseguiu como o esperado até que na entrada de uma cidade, a boiada estourou. Quem nunca viu isso não consegue imaginar o que é esse espetáculo de força e destruição. Mais de seiscentos animais imensos, gigantes, avançando sem controle sobre o mundo, derrubando cercas, muros e pisoteando gente. Um estouro era o caos que destruía aquele equilíbrio sensível que permitia a existência da boiada enquanto uma coisa só. As relações tensas de força e dependência entre seres-humanos e bois se rompiam violentamente e nada conseguia deter a explosão. O mundo voltava ao seu estado original.

"Foi mesmo uma tirania, na frente ia o Soberano..."

O estouro entrou pelas ruas da cidade. A população apavorada se escondeu dentro das casas do jeito que conseguiu, ouvindo o alto trepidar dos cascos que fazia balançar as estruturas e ranger as madeiras dos telhados. O medo era tão denso que dava pra pegar no ar. Havia sido em um momento como esses que a Maria nasceu, quando um estouro de boiada deixou sua mãe assustada a ponto de dar à luz prematuramente, no meio daquele impacto. "Minha mãe pariu a mim e a meu irmão gêmeo, o medo", contava.

"Coitadinho debruçou na frente do Soberano...", continuava a canção.

Era um menino que brincava na rua quando houve o estouro e não conseguiu fugir a tempo. Teve tanto medo que desmaiou ali mesmo, bem no caminho dos bois em disparada. Os pais, de longe, gritavam em desespero sem saber mais o que fazer. O boi Soberano, na frente do estouro, chegou primeiro à criança. Quem conseguiu ter sangue frio pra olhar imaginava mais uma morte certa e mais um velório com aqueles caixõezinhos que despedaçavam o coração da gente. Mas aí a Maria vinha com a surpresa:

"O Soberano parou, ai, em cima ficou bufando, rebatendo com os chifres os bois que vinham passando..."

O boi Soberano, contrariando a sua má fama e o impulso da boiada estourada, estancou em frente ao menino e, sozinho, lutou contra os outros bois para guardar a vida da criança. Não se sabe, porque isso a canção não explicava, o que levou aquele boi a ter aquela atitude. Houve quem disse depois que foi milagre, ação divina, fruto da reza dos pais. Mas a canção deixava tudo a cargo e juízo do próprio Soberano. Foi ele mesmo, em seu raciocínio de boi, que indo contra as consequências da desordem libertadora, interrompeu o caos e restaurou a ordem em proteção de uma vida. Em troca, ganhou também a segurança: o pai do menino, emocionado, comprou o boi e prometeu, como pacto de honra, mantê-lo vivo e obedecido...

"Esse boi salvou meu filho, ninguém mata o Soberano".

Era o último verso da canção. Havíamos ouvido muitas vezes, em muitas noites iguais àquela, mas o efeito era o mesmo. Eu sempre achei que Maria cantava a música daquele jeito tão sentido porque via sua própria sina na daquele boi: um ser julgado como ruim e que, quando a hora chegou, optou por fazer o bem. Atacado, mas necessário.

Depois, desenvolvi outra teoria. Um dia, de viagem pela cidade, reencontrei a Maria e falei de provocação: "ô Maria, aquela moda do Soberano vale a parte dois inteira de um livro de um filósofo inglês chamado Thomas Hobbes, conhece?". Primeiro ela amarrou a cara e olhou feio com o canto dos olhos, medindo-me de cima a baixo. Depois de um tempo, gargalhou: *"e gente que nem eu precisa ir longe pra entender do Soberano?".* E arrematou olhando rindo para o dono do bar: *"esse menino era bom... mas depois que foi pra capital voltou assim".*

---

* A moda de viola *Boi Soberano* é uma composição de Carreirinho, Izaltino Gonçalves e Pedro Lopes de Oliveira.

Ixé Anhe'eng

Em pleno século XX, tomando como fundamento uma lei régia do longínquo ano de 1758, o prefeito Tião de Carvalho e Melo, recém-empossado na mais elevada magistratura do município de Nhem Gatu, determinou que, a partir daquele dia, estava banido da cidade o uso do idioma português, substituído pela língua inglesa, decisão que pegou a todos na mais absoluta surpresa.

Quando o então candidato prometeu em campanha a "superação do atraso secular que nos entorpece", "a saída célere da vida bárbara que nos mantém ainda no infantilismo dos povos incultos" e um programa que iria "desterrar dos povos rústicos a barbaridade dos antigos costumes", mesmo entre os que compreenderam não houve quem imaginasse que tão ambiciosa plataforma começaria pelo falar do povo.

O prefeito era homem viajado, filho das boas famílias do lugar. Embora as más línguas dissessem que nunca havia passado da capital, ele próprio assegurava – como prova de suas qualidades – que concluíra os estudos nos Estados Unidos. Mentira ou não, fato é que sua plataforma empolgou a quase todos com a promessa de seguir o exemplo dos "grandes realizadores do norte", tendo no futuro a "glória eterna dos povos cultos!". Essa última frase, aliás, abria o programa de governo distribuído durante a campanha.

Vitorioso com ampla vantagem (o que não significava muito naquela época de corriqueiras fraudes nas atas de apuração), Tião de Carvalho e Melo deu início à sua tarefa de trazer as luzes para a cidade.

Como primeiro passo, para demonstrar ao povo nhengatuense a unidade dos poderes públicos, a Câmara de Vereadores aprovou com muita pompa e solenidade, já na sua primeira sessão e na presença de juiz, promotor, delegado e comandante do tiro de guerra, o projeto de lei que alterou a língua oficial do município. "O falar", diziam os considerandos, "é mais que mero ato de comunicação, é a base em que se ergue a cultura de uma civilização", para concluir que dali pra frente os munícipes "adotando o idioma dos povos avançados, inevitavelmente tomariam o caminho da iluminação".

A tribuna foi aberta, mas fora o juiz e o promotor (únicos ali que realmente conheciam o novo idioma oficial), ninguém se arriscou a ocupá-la. Em verdade, nem o próprio prefeito conseguia pronunciar mais que poucas palavras em inglês, o que não o impediu de bradar, com o punho em riste e olhos num papel rascunhado de antemão: "de civilizeichion is rir!". Quer fosse por entusiasmo novidadeiro, quer fosse por mero deslumbramento, as palmas foram tantas e tão altas que quase abalaram as fundações do velho edifício do Paço Municipal.

De saída, a nova lei se defrontou com um grave problema de eficácia: ninguém ali falava o novo idioma oficial. Contudo, como a lei instituía pesadas multas ao que se desviassem do determinado, sérios embaraços tomaram conta do dia a dia. Sem poder exprimir-se em português, os nheengatuenses passaram a se comunicar por mímica. Foi assim que a cidade, normalmente já bastante quieta, tornou-se muda.

Porém, os problemas seguiam. Mesmo adotando-se o mutismo como norma de transição havia necessidade de resolver a questão do uso da palavra escrita. Os documentos oficiais, redigidos com o auxílio de novos assessores especialmente contratados, vinham em inglês, mas os anúncios das lojas na Rua do Comércio (antiga Avenida Boiadeira), os cardápios dos restaurantes, as tabuletas e a infinidade de comunicados escritos não conseguiram evoluir a tempo. Preocupada, uma reunião feita às pressas pela Associação Comercial apontou a solução que acabou tacitamente acatada: ao invés de letras seriam usados símbolos pictográficos, de acordo com um certo "Glossário", previamente estabelecido, com figuras que representavam expressões faciais, objetos e até mesmo emoções. Parecia primitivo, mas a associação de mímicas com aqueles símbolos fazia com que a comunicação funcionasse razoavelmente bem.

O prefeito e seus colaboradores mais diletos, cientes da necessidade de novas e emergenciais medidas para contornar aquelas imprevistas dificuldades, decidiram determinar a obrigatoriedade do ensino da língua inglesa em larga escala. Não bastou, é evidente, que as escolas interrompessem todas as demais disciplinas para se concentrar exclusivamente na realfabetização das crianças e adolescentes. Era preciso que todos, sem exceção, fossem instruídos e mentalmente refeitos.

- É necessária a envergadura e a coragem dos

grandes visionários, disse por meio de gestos o presidente da Câmara, no ato de aprovação de créditos suplementares para a contratação de centenas de instrutores do novo idioma, especialmente treinados para aquele desafio.

Por sugestão do delegado Procópio - que sempre acreditou na moralidade inerente aos valores da hierarquia e da disciplina - os intrutores foram organizados em verdadeiros batalhões. Uma nova lei atribuiu-lhes poderes extraordinários para, além de instruir, fiscalizar e castigar os munícipes que não evoluíssem rapidamente no aprendizado ou que fraquejassem utilizando a língua materna. Todos os espaços possíveis, das salas das casas às praças públicas, foram requisitados e utilizados para as sessões de instrução. Além das multas, que já penalizavam os que, sem querer, emitiam um "bom dia!", foram instituídas as penas de prisão.

Não demorou muito para o Terror se instaurar plenamente. Em pouco tempo, inebriados de fúria civilizadora, os instrutores invadiam casas e obrigavam os munícipes a aprender o novo idioma. A Cadeia Municipal, que antes comportava apenas um ou outro bêbado ocasional ou algum adolescente rebelde, foi abarrotada. Construiu-se outra e depois mais outra e ainda assim faltaram celas para os que o governo alcunhou como "incapazes", enquanto um jovem vendedor de laranjas, entre os presos, dizia que melhor seria chamá-los de "resistentes".

Não que de fato houvesse uma "Resistência",

organizada em oposição ao projeto civilizacional da elite da cidade. Na verdade, um certo conformismo inundara o município. Mesmo o Chico da Venda, que perdera a eleição para Carvalho e Melo, podia ser visto nas sessões públicas repetindo com atenção o "one, two, three, for, five..." guturado pelos instrutores. Nem mesmo as prisões despertaram a fúria da maioria. Era dentro das celas que se desfrutava da liberdade linguística que os livres não mais conheciam, já que os encarcerados voltavam a falar abertamente seu idioma nativo.

Quando a elite local já preparava-se para comemorar a vitória de seu projeto, uma ameaça impensada surgiu sorrateiramente. Sem que as autoridades ou quem quer que fosse percebessem, um mal estar doentio foi pouco a pouco se apossando mesmo dos corações mais engajados na missão civilizadora, impedindo-os de realizar por completo a travessia para a nova língua.

A despeito do que narraram os relatos, não se tratou - hoje sabemos - de dificuldades de aprendizado, mas sim de algo que os relatórios médicos de então descreveram como "emersão". Sem adentrar aqui nos meandros técnicos, basta dizer que aquele mal estar, que culminava em uma profunda tristeza, tinha como primeiro sintoma deslizes involuntários que emergiam sem aviso do fundo das consciências trazendo frases inteiras no idioma proibido, mesmo quando eram antes formuladas em inglês no pensamento.

Quanto mais alguém se esforçava para incorporar a nova língua, mais esse fenômeno ocorria, inclusive entre os filhos da elite local. Um sentimento de profunda nostalgia acompanhava as aparições involuntárias do idioma antigo, acometendo os munícipes um a um: se antes realizaram a viagem da quietude ao balbucio, agora retornavam ao silêncio pela simples falta de vontade de pronunciar qualquer coisa que fosse.

Após parar de falar, o povo logo perdeu também a vontade de sair de casa. O comércio ficou fechado, as ruas e os campos vazios. A economia local naufragava juntamente com os habitantes e não houve admoestação capaz de romper aquela passividade. Até os mais aguerridos membros do governo deixaram de comparecer à suas obrigações enquanto a própria Câmara Municipal, tão contagiada pelo adesismo, deixou de realizar suas sessões por falta de quórum.

Quando até o prefeito passou a manifestar os sintomas daquilo que, em ato totalmente involuntário (e vergonhoso) definiu, no meio de uma complexa frase em inglês, como "banzo", em reunião com seus secretários, decidiu-se que chegara a hora de anunciar a rendição.

As novas leis foram revogadas, os batalhões foram desmobilizados e as cadeias esvaziadas. A vida voltou a seu ritmo de sempre. A elite local atribuiu sua derrota ao que chamou de "incapacidade do povo". Quer fosse para não dar o braço o torcer, quer fosse por uma crença sincera nas virtudes da língua estrangeira, preferiu manter o uso público do inglês, mesmo para utilizar apenas uma ou duas expressões intercaladas, prática que desde então atravessa gerações.

Um outro fenômeno colateral impensado foi a incapacidade de, simplesmente, se retornar a prática do português castiço. Aquele mergulho nas profundezas de si dos nheengatuenses trouxe à tona também outras línguas esquecidas, faladas naquele mesmo lugar pelos povos mais antigos e perseguidos. Palavras já banidas voltavam à vida e se difundiam para além dos limites do município graças à ação dos violeiros, que retornavam do desterro.

Até aquele inglês engolido à força se misturou a esse falar e foi digerido por ele. Hoje, quando na fala da gente do lugar surge uma ou outra palavra estranha, resquício da língua imposta naquela época, soa tão natural que nem é mais possível perceber que ela não fazia parte do idioma desde sempre. É provável que essa tenha sido a mais completa e definitiva derrota daquele projeto, nos tempos que foram e nos que virão, para *"a glória eterna dos povos cultos"*!

Manuel

Nossa gente é tomada por uma mania de relíquias. Só aqui, eu já pude ver com meus olhos um bom pedaço da cruz de Cristo, o Jesus, guardada em uma redoma na capela do seminário. Como essa cruz percorreu tantos séculos e léguas, nunca se preocupava em tentar explicar. Afinal, fosse mesmo a cruz de Cristo, carregada de poderes, ter chegado até o velho prédio de nosso seminário era apenas o mais comum de seus milagres. E também não incomodava saber que numa capelinha, há poucas horas Tietê abaixo, havia outra parte dessa madeira sagrada. E dedo de santo, então? Aqui e em outras cidades já vi vários, tantos que causa presença quase não ter nenhum santo reconhecido nosso, daqui.

Vivendo nosso sofrer, a gente se aproxima desses objetos sagrados em busca de consolo e até tem os pedidos atendidos, quando são justos e feitos com fé. Tem quem duvide e acuse o povo de crendice, mas aquele pedacinho da cruz já curou muita doença, salvou muita gente de apuros, guardou muitas viagens. E se tanta gente acredita, porque não seria verdade, nem que seja uma verdade só pra quem acredita? Mania de relíquias...mistérios do mundo.

Foi numa Semana Santa que, diante daquele fato extraordinário, muita gente esqueceu o pedaço de cruz, dos ossos de santos e de qualquer outra maravilha que havia por aqui.

Já fazia algum tempo que não tínhamos um doido na cidade. O último tinha sido um vendedor de laranjas que morreu preso, depois de se revoltar contra o governo por causa de uma alucinação. Claro, havia desses amalucados que as famílias enviavam regularmente para ficar no hospital do bom padre de Jiauvaracã. O que não havia é aquele tipo de doido que vive na rua, dizendo sandices, desses que a gente maltrata com zombaria e violência, mas que faz falta quando não há. Como se sem ele a gente não tivesse onde despejar nossos pecados. Como se sua presença desajustada lembrasse que a gente, apesar de tudo, é normal, e é bom, graças a Deus.

Até que apareceu o doido Manuel.

Ninguém sabia de onde ele vinha. Talvez viesse da capital, no trem que usavam pra encher com os mendigos para deixá-los no interior, sem rumo. Talvez tenha vindo dos desertos do oeste... Nunca se soube ao certo. Ele mesmo não falava coisa com coisa sobre si - e nem sobre coisa nenhuma. Dizia só, naquela língua que gente sã não compreende, que tinha vindo do fim do mundo pra fazer o mundo nascer. E era engraçado demais ver o Manuel, barbudo e descabelado, com os olhos arregalados, descendo e subindo a rua do comércio falando essas e outras coisas.

Fazia outras qualidades de esquisitice também. A mais anormal era ficar na beira dos córregos, concentradíssimo, procurando caramujo.

- O que você quer achar aí Manuel?

- A verdade, ué - respondia muito a sério. A verdade mora debaixo de um caramujo! Mais ainda se estiver perto de rio!

E a gente gargalhava.

Também havia quem fizesse maldade mais descarada com o Manuel. Faziam ele de bobo, colocavam apelidos, jogavam pedra só pra ver se ele sentiria raiva. O problema é que ele não sentia. Era desses doidinhos mansos e bonzinhos, que se acham amigos e cuidadores de todos, com aquele olhar humilde e amoroso que só tem quem perdeu por completo a razão (porque os olhos de um maluco que ainda tem algum fiapo de razão são desesperados, não amorosos).

E assim, sofrendo pelos olhos dos outros - que é um jeito de sofrer sem saber que se sofre - o Manuel anunciou sua loucura mais despropositada: queria ser Jesus na encenação da Paixão de Cristo, que toda Semana Santa a Paróquia organizava.

Aí era o fim do mundo mesmo, a cidade inteira pensou! Não só pelo estapafúrdio daquilo, mas porque o elenco principal já estava fechado e escolhido a dedo pelo padre César entre os mais assíduos da paróquia. Todo ano, Jesus era vivido pelo Dr. Simplício, homem de letras, médico respeitado na cidade. Assim como o João do Cartório era titular da vaga de Pilatos, e a dona Maria Irauapanã era sempre a homônima mãe de Jesus. A bem dizer, o único papel que tinha um revezamento era o de Judas (eu mesmo fui Judas uma vez, e pedi perdão o tempo toda da encenação). Fora isso, havia uma multidão de anônimos hebreus e legionários, todos paramentados do jeito que a professora Cicinha imaginava que deviam se vestir hebreus e legionários. O importante era todo mundo participar...mas não um doido de rua, que aquilo era uma celebração religiosa de respeito!

E quem vai entender cabeça de doido e de padre?

A uma semana da celebração, o Dr. Simplício cai doente, sem chance de recuperação antes da Sexta-Feira Santa. E de tanto insistir, o Manuel acabou tocando o coração do padre César que achou lá no entender dele que seria uma boa lição pra todos ver o doidinho no papel do Salvador...

O que aconteceu naquela sexta-feira foi pra nunca se esquecer.

A procissão começou normal, com o povo todo acompanhando os clérigos nas rezas e percorrendo as ruas da cidade, parando em cada um dos sete marcos que representavam as sete quedas de Cristo. Voltamos à Igreja para a missa e depois fomos para a praça assistir, no palco montado para isso, a encenação da vida de Jesus.

Para nossa surpresa, o Manuel estava lá todo direitinho, arrumado, falando as falas sem errar! De um jeito estranho, o olhar e os gestos combinavam com a encenação...foi a primeira vez que a gente se esqueceu de que aquilo era um palco, com gente fantasiada, e conseguimos entrar na história com o coração.

Na hora da crucificação, o povo chorava como nunca se tinha visto. Dava uma dó de encher o peito ver o Manuel de Jesus ali, todo machucado, pedindo pra Deus perdoar a gente depois de tanta maldade. Acho que a gente só soube ali o que era mesmo religião.

A última cena era a da ressurreição. A gente esperava o Manuel aparecer de Cristo ali no palco, alegrando a todos. Mas, por uma arte de engenharia do padre, ele foi aparecer em cima do coreto, ao lado do palco e bem no alto, com um holofote de luz verde iluminando aquele nosso Jesus, lá em cima com os braços abertos. E foi um estrondo de aplauso e reza alta e cantoria, todo mundo feliz e perdoado, se abraçando como nenhuma vez era.

Foi aí que o Manuel tropeçou e despencou lá de cima para cair cravado nas grades pontudas que cercavam o pé do coreto. O corpo dele foi transpassado por umas seis ou sete daquelas pontas de aço. Não houve como salvar. Ele morreu, perfurado debaixo dos olhos de todos.

O corpo foi levado pra Santa Casa às pressas, mas já quase sem vida. A multidão acompanhou o caminho num misto de espanto e desespero, continuando as rezas como se a procissão não houvesse acabado. Catatônito, o padre mal conseguia falar, como qualquer um de nós naquele dia.

Quando a morte foi anunciada no balcão superior da velha construção da Santa Casa, não houve quem tivesse dúvida ou tentasse conter a massa. Aos gritos de glória, osana, aleluia, a multidão invadiu a casa santa para resgatar o cadáver. Com o Manuel morto nos braços voltamos cantando para a Igreja.

Houve quem tocasse o corpo para se benzer com o sangue, mas o propósito de todos, como por milagre, foi o mesmo: jogamos para o chão a imagem de cristo crucificado que repousava sobre o altar e depositamos ali o corpo do nosso Cristo. E não houve quem tirasse, tamanha a quantidade de gente na vigília. Mais tarde, alguém trouxe uma urna em pedra, onde o corpo foi deixado e onde está até hoje, recebendo a veneração de gente daqui e de muitos romeiros que vem em busca de um milagre. Ainda não conheci quem não tivesse seu pedido atendido.

Quando chegou de Roma a excomunhão geral, ninguém se importou. Nem o padre César, que abandonou a batina pra continuar cuidando do nosso santuário.

A Igreja mandou erguer outro templo, muito maior, perto dali, para os que recusassem aquele culto de hereges e se mantivessem católicos corretos, como diziam. E aos poucos, passada a febre daquela Semana Santa, muitos foram preferindo voltar à normalidade da vida religiosa comum, como se naquela Sexta-Feira o que tivesse ocorrido fosse um surto, uma alucinação.

Mas, desde então, pelo sim e pelo não, nunca mais foi encenada a Sexta-Feira da Paixão.

O Manuscrito 512

Era uma tarde cinzenta como essa quando eu conheci o Manuscrito 512. Estava na sala empoeirada da antiga e única biblioteca da cidade onde nasci. Foi lá que adquiri o hábito de enxergar beleza e sentido nas batalhas inúteis contra os exércitos de ácaros em páginas mal conservadas e quase nunca consultadas. Houve um tempo em que, mais jovem e envaidecido, acreditava até na superioridade moral dessa luta. Depois, com o muito que vivi, a aceitei apenas pela beleza que só diz respeito a mim mesmo. O mundo, afinal, se não é maior do que tudo que se possa falar sobre ele, é certamente muito mais vasto que todas as palavras já escritas a respeito.

A sala era escura. A pouca luz que entrava nos dias ensolarados vinha apenas pelo vitral colorido de uma pequena janela que dava para uma rua estreita, ainda de terra, à beira do rio que nascia aos fundos do edifício. A construção era das mais antigas da cidade, fazendo jus aos seus livros: térrea, com um pé direito alto e uma quase obsessiva aversão à luz do sol que marcava aquele estilo, se for possível dar a dignidade de "estilo" àquelas edificações que remetiam a uma época na qual a população do país se expandia com violência para os interiores.

À parte a precariedade do local, que há muito não recebia a devida atenção das autoridades, sua riqueza bibliográfica era imensa. Foi lá que li a grande História de Roma, escrita por Giancarlo Parisi para realçar não os aspectos mais notórios, mas sim as formas pelas quais as crenças em "fastasmagorias" impulsionaram as realizações dos romanos. É no capítulo quarto dessa obra que está documentada a popularidade e força do culto à memória dos sete reis, o que, evidentemente, jogou por terra todas as interpretações que prevaleceram até o século XXI.

Também foi ali, graças à doação de um misterioso viajante, que li as Reflexões sobre a Mesopotâmia Arcaica de Ibn Kandir, obra na qual esse pesquisador egípcio apresentou as evidências de que a agricultura

chegou à região entre os rios Tigre e Eufrates graças a migrações de povos que um rigoroso exame pictográfico levou a associar aos ameríndios. Depois, já na universidade, vim a conhecer a imensa linha de pesquisas empíricas abertas por essa hipótese.

Para não me estender mais, menciono apenas que o acervo empoeirado também contava com uma edição espanhola da Ontologia Incaica, do filólogo Fernando Aguirre, e uma rara tradução em português – e ilustrada - dos relatos de viagens do chinês Chang Faxian pelo deserto do Gobi, na época dos Estados Guerreiros da Dinastia Zhou. "O nome oculto não se esconde sobre os pórticos...", iniciava o texto clássico, frase que encontrei e deixei anotada neste bloco de notas que ainda guardo comigo... aquela biblioteca ainda merecerá, de outras mãos, um bom inventário. Estou divagando. É o impacto da emoção.

Lá, naquele improvável ente abandonado à força do tempo, em meio a obras clássicas como aquelas, numa tarde fria como os olhos do funcionário que cortesmente abria a porta que dava acesso às estantes e mesas de leitura, que encontrei o Manuscrito 512.

Estava dentro de um baú recostado sobre uma das estantes que continha os volumes de História do Brasil, dando suporte para que ela não caísse. Não se fazem mais baús assim, em madeira de jacarandá, artisticamente talhada. O artesão desconhecido deixara gravado na tampa apenas um número: 512. Nunca entendi se era uma referência ao próprio baú, ao que vinha sepultado nele ou a qualquer coisa que o valha.

Estranhamente, eu, que conhecia perfeitamente a disposição daquelas estantes, não havia notado nunca esse objeto em meio a elas. Não fosse o pó secular que se acumulava sobre tampa, diria mesmo que ele havia sido depositado lá naquele mesmo dia. Abri, sem saber que começaria ali a desistir de parte de minha vida. Sem saber ainda que, pouco a pouco, os outros também desistiriam de mim. Sem saber que seria tomado por louco.

Encontrei apenas papéis com um texto em uma caligrafia que não consegui decifrar. Como não havia nenhum título indicado no frontispício da primeira página, decidi nomeá-lo como "Manuscrito 512", em obediência ao número talhado na tampa do baú. Passei os olhos pelas primeiras letras... as achei incompreensíveis. A caligrafia era do século XVIII, vim a aprender depois. Para sorte da inexperiência intelectual dos meus 20 anos de então, na sequência encontrei outras páginas, também velhas, mas grafadas de forma compreensível e assinadas por um certo Manuel Ferreira Lagos. Deduzi, conclusão que ainda mantenho, que esse outro, antes de mim, encontrou o Manuscrito e concebeu aquela cópia em português moderno com alguma finalidade científica ou editorial. Será que nos encontraremos?

Li, maravilhado e em pé, as páginas retiradas do baú. Ah... não é possível descer a palavras escritas o sentimento de assombro e euforia que me tomou naquele instante mágico e mudou para sempre minha vida. Tratava-se do relato de uma viagem realizada pelo interior do país em 1753, em busca de metais preciosos e outras maravilhas.

Contava a história de uma expedição que, após dez anos de infrutíferas buscas por minas de ouro nos sertões, fez uma descoberta muito mais poderosa: vagando sem rumo pelo planalto, sentindo o gosto ruim do sonho de riqueza frustrado, os homens assustaram-se quando viram ao longe uma cadeia montanhosa que parecia uma miragem em meio àquela paisagem plana. Intrigados, decidiram alcançá-la. Com dois dias de caminhada, em uma manhã de sol finalmente chegaram. De imediato, perceberam que a forma daquelas montanhas era ordenada demais para algo produzido pela ação da natureza. Sua geometria indicava um círculo perfeito, como se não existisse. Seus penhascos eram altos e impossíveis.

Contudo, de dentro daquele cilindro de pedras brotava uma água límpida e cristalina como nenhum daqueles homens jamais havia visto, dando origem a um rio que rasgava a terra no rumo das profundezas do território desconhecido. Intrigados, os membros da expedição procuraram alguma passagem que permitisse o acesso ao interior, mas mesmo a água parecia brotar do nada naquela estrutura hermeticamente fechada. Não havia sinal de vida qualquer, nem vegetal nem animal. Apenas as pedras e aquela água misteriosa fluindo para o além.

Quando os viajantes quase desistiam daquela miragem (embora aquele prodígio da natureza fosse muito palpável, o relato opta por frisar em alguns momentos a palavra "miragem"), já era o entardecer. E foi então que o milagre se deu. Com o poente, a borda das montanhas passou a brilhar em um verde esmeralda muito forte e extremamente belo. O encantamento foi tamanho que só depois de alguns minutos do início do espetáculo perceberam que também havia pedras verdes descendo pela encosta, indicando uma pequena fresta para o interior. Mesmo assustados, os homens não tinham alternativa: caminharam naquela direção e entraram no coração da cadeia montanhosa sem saber o que encontrariam.

A passagem, para espanto deles, era calçada com pedras também brilhantes. Após percorrer um longo e estreito corredor, a expedição alcançou a clareira imensa no interior das montanhas circulares. A claridade emitida pelas pedras de dentro contrastava com a noite que caía do lado de fora, mas ninguém mais pensava nisso. O autor do Manuscrito não se atentou para esse contraste óbvio entre os horários apontados e a luz interior da montanha, o que me levou sempre a acreditar que, por algum fenômeno natural inexplicável, as pedras resplandeciam também à noite. No coração da clareira, havia uma cidade circular, também construída em pedras brilhantes. Do centro dela, brotava a água que saía subterraneamente e formava o rio visto do lado de fora.

A entrada da cidade, logo após o fim da passagem, possuía um pórtico imenso, com três arcos. No mais alto, havia uma inscrição em letras que o cronista da viagem, possivelmente o único alfabetizado ali, não conseguiu reconhecer. Perceberam que a cidade estava abandonada e com partes em ruínas. Na praça central, localizada no centro do círculo urbano, estavam construídos os maiores edifícios, ainda em perfeito estado. O autor do Manuscrito os identificou como sendo templos e palácios governamentais, mas trata-se apenas de uma aproximação a padrões conhecidos por ele. Nada mais, no relato, indicava a função de qualquer das construções. Até porque eram todas de uma arquitetura idêntica, diferindo apenas no tamanho, tanto maiores quanto mais próximas do círculo central.

Chamou a atenção também a existência de uma imensa estátua na mesma praça. Erguia-se em uma coluna imensa esculpida em uma pedra preta, única que não reluzia em toda a cidade. Sobre a coluna, uma representação de uma figura humana portando o braço estendido apontando na mesma direção para a qual caminhava o rio. Pensando tratar-se de um sinal da existência de ouro, a expedição abandonou a cidade durante o dia seguinte e seguiu o curso das águas, mal se dando conta do que deixava para trás. Caminharam seguindo o fluir da corrente e encontraram várias inscrições na mesma língua desconhecida do pórtico principal. O cronista tomou o cuidado de copiá-las para uso de investigadores futuros, que nunca conseguiram decifrá-las.

Temerosos, alguns desistiram de seguir sertão adentro e preferiram retornar, no intuito de comunicar a descoberta e reunir mais homens para uma nova viagem. O autor do Manuscrito, esse meu irmão tantos séculos mais novo, estava entre eles. Voltaram pelo mesmo caminho, seguindo o mesmo rio, mas, para desconcerto geral, a cadeia de montanhas circulares não foi avistada novamente. Fizeram esforços para corrigir cálculos de rota com todos os métodos disponíveis, mas o fato era que as montanhas haviam desaparecido. Os outros, que continuaram seguindo o fluxo das águas, nunca mais foram encontrados.

É esse, em essência, o relato trazido no Manuscrito. Poderia descer em pormenores, mas o tempo que me resta é escasso, estão a caminho e ainda há coisas que preciso dizer. O autor conseguiu que essa história não se perdesse, mas não evitou que ela fosse desacreditada. Os poucos contemporâneos que lhe deram algum crédito atribuíam a narrativa a alucinações causadas por fome e febres do sertão. De uma forma ou de outra, seu testemunho escrito foi deixado e encontrou a mim, três séculos depois, de pé, na biblioteca de minha cidade natal, em uma tarde fria que jamais esqueci.

O impacto de encontrar algo tão raro foi muito forte. Demorei a ler - recostado à estante porque minhas pernas tremiam - as poucas dez páginas. Notei que o funcionário me observava às vezes, de longe, e temi que me proibisse de abrir o baú, que me tomasse das mãos aqueles papéis. E se o baú empoeirado pertencesse a algum outro frequentador? Ou, pior ainda, a um dos religiosos estrangeiros que, exilados na minha cidade, também passavam os dias enterrados naquelas pilhas de papéis? Dobrei tudo como pude, escondi nas roupas e avancei até a porta, onde ficava o funcionário.

- Vai mais cedo, hoje? Perguntou ele, com seu olhar gélido. Talvez o passar desses mais de 50 anos tenha me embotado a memória... talvez o que aconteceu depois direcione a recordação para um caminho de explicações em uma história que, na verdade, não tem explicação alguma. Mas notei um certo alívio por trás do cinza glacial dos olhos daquele homem que, até então, nunca havia me perturbado.

Limitei-me a acenar com a cabeça e segui para a rua, de posse do meu destino. Tremia! Toda minha vida, desde então, foi um constante reviver daqueles minutos em que vislumbrei a maravilha. Meus esforços, conhecimento, pouco dinheiro e o respeito intelectual que, sem falsa modéstia, em algum momento eu tive foram sacrificados na busca pela cidade perfeitamente circular onde não havia noite.

Claro, eu sabia que outros tentaram antes de mim. Muitas expedições como a relatada no Manuscrito aconteceram naquela época, e até hoje. Eu já havia lido o relato das viagens de Robério Dias, o descobridor das ruínas na Serra do Sincorá, e de Felipe Guillén, autor do mapa para Sabaraboçu, os dois mais notórios testemunhos públicos desse gênero. Também sabia que geógrafos abnegados conseguiram localizar, com muita dificuldade, a lagoa Vapabuçu, ou "Lago da Juventude Eterna", como a chamaram os jesuítas.

Mas foi só naquele momento que tomou conta

de mim uma fé resoluta na verdade da busca. Só com a leitura daquelas páginas, debaixo do olhar cinzento do funcionário, eu acreditei e inscrevi a mim mesmo na secular linhagem desses seres que vagaram pelo continente em busca da comprovação objetiva dos muitos relatos sobre a existência de coisas prodigiosas e ocultas na vastidão desconhecida dos interiores do país.

Daquele dia em diante, foram cinco décadas de buscas. Mesmo sabendo que a cidade havia se escondido, percorri como pude toda a extensão do continente procurando por ela. Foram cinquenta anos de abnegado estudo e solidão, nos quais perdi amores, minhas aulas e qualquer vida desejável a qualquer outro. Cheguei ao ponto de viver apenas da caridade de pessoas que não me compreendem, tudo para continuar caminhando e buscando.

Quando eu completei setenta anos, doei o original do Manuscrito à Biblioteca Nacional, à disposição de quem mais quisesse. Foi encadernado e depositado em alguma caixa de arquivos que ninguém consulta mais. Eu havia percebido, de forma devastadora, que nunca encontraria a "serra dos cristais verdes" e que morreria abandonado na rua como um velho louco e esquecido.

E foi então que o milagre aconteceu.

Uma notícia chamou a atenção do país. Por conta de trabalhos de escavação para obras públicas de modernização no interior, encontraram pedras que brilhavam como cristais, mesmo na escuridão. Também foram achadas inscrições em pedras lisas, tais quais às que o autor do Manuscrito havia anotado. Eu não acreditava no que via... Era ela! Conforme os trabalhos avançaram, diziam as notícias, a escavação profunda atingiu o teto de construções muito altas e, aparentemente, o sítio arqueológico seria muito grande e em formato circular. Se ainda houvesse alguma dúvida razoável, o rejuvenescer de meu espírito cansado a dissipou por completo. Era ela!

Quando ouvi o nome do local onde, enfim, estava, precisei me sentar no chão para conter a vertigem. Era minha cidade natal, na qual eu não punha os pés desde os 20 anos. A escavação destruíra o pouco que restava da biblioteca da adolescência e, exatamente embaixo dela, encontraram a cidade relatada no Manuscrito.

Esmolei até conseguir dinheiro suficiente para pagar a primeira condução que me levasse de volta. O lugar, estranhamente, não mudara tanto. Caminhei até a região das escavações. Estavam avançadas, já haviam delimitado o perímetro do círculo de pedra, todo ele abaixo daquele lugar, soterrado. Eu já havia percorrido a cidade circular em viagens imaginárias por dias e noites a fio. Não consegui conter as lágrimas quando consegui precisar, entre o pasmo e o alívio, a localização da praça central e de sua estátua imensa exatamente embaixo de onde ficava o prédio da antiga biblioteca.

Esperei o cair da noite, quando os trabalhadores se afastaram e a vigilância do local relaxou. Entrei pelos escombros das demolições e pelas escavações, caminhando. Eu agora ouvia bem o ruído da nascente do rio e me guiava por ele. Cheguei ao local onde ficava a biblioteca e foi então que toda minha vida se justificou: as pedras esverdeadas brilharam para mim sob o chão, tecendo um caminho que levava a uma imperceptível fresta ali, embaixo de onde por tantos dias estivera posta minha mesa de leitura. Eu não podia recuar. Desci até aquela brecha pequena e me atirei por ela, terra adentro. Quando abri os olhos, vi o corredor estreito de pedras brilhantes que não conheciam a noite. Caminhei emocionado por ele, pé ante pé, até chegar à clareira onde se encontrava a cidade.

É impossível descrever o que senti. Para mim, ela não se mostrou em ruínas, como para o autor do Manuscrito. A vi inteira na beleza pura de sua perfeição geométrica. Diante de mim, o mesmo pórtico descrito, tal qual o imaginara. Olhei para cima, procurando a inscrição e quando a vi, li como se algum dia eu realmente houvesse aprendido a escrita misteriosa em volta da qual passei minha vida: "O nome oculto não se esconde sobre os pórticos..." O mesmo verso de Chang Faxian que anotei na primeira página deste caderno onde escrevo essas notas.

Agora, nesse momento, eu já compreendo. E não me espanta mais que abaixo do menor dos três arcos esteja o funcionário de olhar nevado, como se os anos não houvessem passado, sorrindo enquanto me olha. Ele adivinha o meu único medo nesse instante: ser encontrado e levado para fora daqui. Com um gesto, me convida a entrar. Minha busca acabou. As portas da cidade se fecharão para sempre e eu estarei aqui.

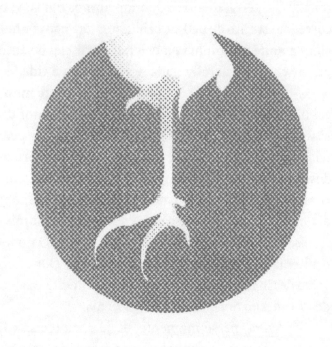

O Terceiro
Canto do Galo

Viriato era um galo mau. Desde que chegou, eu percebi isso. O encontrei meio vivo, meio morto, num terreno baldio perto do centro. Era novinho ainda, estava machucado por alguma briga. Não parecia galo de rinha e nem existiam mais as casas que praticavam as lutas, todas fechadas pela polícia e pelo novo costume. Não me faziam falta porque nunca gostei disso. As poucas que vi, levado pelos amigos que não tenho mais, me deixaram de cabelo em pé. Não por serem dois bichos brigando sem motivo, mas porque eu sempre me via no galo que perdia. O coitado, surrado, largado de tanto apanhar. O galo, pelo menos, tinha reagido enquanto eu carrego minha cruz calado. Não reclamo, sei que esse é o melhor jeito.

Peguei o Viriato, levei pra casa, tratei e, em pouco tempo, ele estava recuperado.

Já viram galo quando anda no terreiro, de peito estufado, crina pra cima, aquele movimento de pescoço feito de propósito pra mostrar ao mundo que quem manda é ele? Viriato era assim, mas ainda mais. Não sei bem explicar. Há muitos anos eu lido com bicho e vivo de vender os ovos do meu galinheiro. Não era para nada mais me espantar. Mas o galinho me deixava inquieto, com aquela pose toda.

Várias vezes eu pensei em me livrar dele - como deve ter sido a decisão do primeiro dono (ou segundo, vai saber) que o abandonou no terreno vazio do centro da cidade. Mas não tinha coragem. Apesar de ele ser mau, era bonito ver o Viriato passeando no terreiro de casa, dando chega pra lá, esporeando o chão só pra fazer uma nuvem de pó e mostrar pros outros bichos que, quando ele passava, a terra levantava. Eu queria mesmo era ser que nem ele.

Ganho muito pouco, mal dá pra viver. Faço uns bicos pela cidade, vendo os ovos de porta em porta e já me conformei que a vida é só isso. Sim, me chateio quando os filhos das casas de rico chamam pai e mãe ao portão pra falar com o "Zé Galinha", é verdade. Mas é um trabalho honesto. Nunca tomei nada de ninguém e nunca devolvi as ofensas e o desprezo. Eu via o riso no canto da boca daqueles pais que não repreendiam os filhos por falar daquele jeito com um trabalhador. Mas nunca falei nada. Guardo meu rancor só pra mim e peço a Deus, todos os dias, que me ajude a ser humilde, a não ter raiva.

O contrário do que fazia o Viriato. Ele não tinha remorso de nada. A vida dele era só a vida mesmo, sem culpa. Não sei como alguém consegue viver assim.

O primeiro crime do Viriato foi matar o meu outro galo, mais velhinho. Eu sabia que podia dar problema deixar os dois juntos, mas o galinho ainda era novo e eu já tive outros galos que viveram juntos muitos anos, um respeitando a idade do outro. Mas com o Viriato não, ele era ruim. O homem da casa agropecuária me explicou que a personalidade dele era assim porque ele devia ter sido traumatizado - "você achou ele na rua, espancado, não foi? É isso". Mas não aceitei. Se fosse assim, era pra eu também ser daquele jeito. Trauma por trauma, o Viriato tinha menos que eu. E nunca matei ninguém, mesmo quando sentia muita vontade.

Já ele, matou meu outro galo no primeiro dia que se sentiu recuperado. Nem esperou pra ver se acostumava, se conformava. E não foi porque o outro se incomodou e nem nada, foi só porque ele não aguentava ter mais um como ele ali perto. Levantou, caminhou devagar, daquele jeito vaidoso, todo senhor de si. Quando chegou perto, avançou, bicou e esporeou o outro até a morte. Nunca gostei de rinha e não sei por que não parei aquilo, mas o Viriato tinha o feitiço dos maus. Alguma coisa me fazia gostar de ficar olhando. Assisti a cena até o fim. Quando acabou, o Viriato deu uma volta pelo terreiro todo, mostrando que era o vencedor. Depois daquilo todos tiveram medo dele, até eu.

O bicho ficou ainda mais bravo. Ninguém podia chegar perto, atacava gato, cachorro e até lagartiu que passava desavizado por ali. Era incapaz de sentimento bom. Nem por mim, que tratei dele na hora da doença, que o salvei da morte, ele era agradecido. Para descer no galinheiro e recolher os ovos, tinha que desviar do Viriato. Me atacava como se eu fosse um estranho, como se fosse eu finalmente atacando com vontade aquelas pessoas que me tratavam mal na rua e no comércio, que essas sim davam motivo. Se não usasse as botas longas, ele tirava sangue das minhas pernas sem dó nenhuma. Era assim. E por isso não estranhei quando ele cometeu o segundo crime. Esse, ele não conseguiu levar até o fim, mas tentou.

Meu bicho preferido era o Chico. Um cachorro vira-lata que também encontrei na rua. A diferença é que esse era bom, tinha uma alma carinhosa. Cuidava bem da casa, nunca fez mal a nenhuma galinha minha, contrariando o que me disseram que ia acontecer quando eu colocasse um cachorro perto do galinheiro. Quando alguém ia lá comprar ovo e, sabe Deus porque, xingavam o Chico, mandavam ir deitar, chutavam até, ele ficava quietinho. Não rosnava, nao resmungava, ia pra um cantinho e ficava olhando de longe. Só eu sabia a raiva que, de verdade, ele sentia. Ela era minha também.

Tenho a impressão de que ele ia juntando um ressentimento enorme. Um dia morderia algum daqueles vagabundos que faziam pouco dele porque era feinho e porque era só um cachorro. O cachorro do dono do galinheiro, que fedia a titica, como diziam baixinho quando pediam pra levar a encomenda no portão pra não ter que aguentar o cheiro que vinha da minha casa. Mas não. Era bonzinho, nao reagia, sabia que o lugar dele era no canto, quieto e obediente.

Foi justamente com ele que o Viriato foi se meter. Os dois nunca se deram, porque o galo não se dava com ninguém, mas também nunca se estranharam. O Chico sempre ficava longe do Viriato, fugia de briga e respeitava o terreiro, mesmo tendo chegado em casa antes. Fomos vivendo assim, nessa paz, até uma manhã de domingo, depois do café.

Chico havia descido pro quintal e ficou deitado onde sempre ficava, tomando sol. O galo, que já tinha visto aquela cena centenas de vezes, resolveu que, naquele dia, se incomodaria. Como eu disse, era um bicho ruim. Avançou todo nervoso na direção do meu cachorro, pronto pra brigar. O Chico não reagiu. Acho até que ele não acreditou naquele ataque à traição e, quando percebeu o que estava acontecendo, já era tarde. Tinha tomado bicadas em toda a cara e nos olhos. Ganiu alto e triste, como eu nunca tinha ouvido, mas mesmo assim não revidou. Ficou cego, o coitado, não teve remédio. Condenado pela maldade do galo arrogante e pela bondade que tinha no coração. Eu gostava muito daquele cachorro.

Os próximos cinco anos ele passou sem chegar perto do terreiro, onde o Viriato reinava sozinho. Só olhava de longe, da porta da cozinha, sem deixar ninguém adivinhar o pensamento que ele guardava. Nem todo mundo é de ferro. Sofrer a ofensa calado, até podia ser, mas perdoar? Perdoar não. Eu lembro o nome e o endereço de cada pessoa que me tratou mal, sem que eu tivesse feito nada além de servir bem, e trabalhar no que Deus me reservou nesse mundo de tristeza. Por que com o Chico seria diferente? Por que ele devia parar de pensar na ofensa do galo e seguir tranquilo sua vida de cachorro cego?

Cinco anos... O Viriato, ficou doente. Depois de um dia caminhando meio torto, paralisou as pernas e ficou com o pescoço rijo. Eu vi ele tombar no chão todo estranho. As galinhas ficaram vendo de longe, sem nenhuma compaixão. Corri preocupado pra levar no doutor, mas o Chico foi mais rápido que eu. Quando ele percebeu a fraqueza do galo, caído no terreiro, indefeso e confuso, avançou babando com um ódio que eu só tinha pressentido por trás da calma dele. Abocanhou e estraçalhou o Viriato com várias mordidas, até nao sobrar nada que desse pra chamar de galo. Satisfeito, tranquilo, voltou para o lugar onde tomava sol e dormiu pesado, com a boca aberta cheia de pena e de sangue.

Fiquei horrorizado. Eu sabia que aquela vingança até era justa, mas chorei pelo galinho. Era ruim, mas tinha um jeito de ser que me fazia falta. O Chico nunca mais foi o mesmo. E eu não conseguia mais olhar para ele do mesmo jeito. Ou era ele que não conseguia me olhar? Não sei. Algo entre nós acabou naquele dia e cada um foi pro seu canto. Ele, feliz como nunca tinha sido e eu, pesado e rancoroso como nunca vou conseguir deixar de ser. Com a graça de Deus! Como se sabe, a bondade está nos mansos, não nos ferozes.

Labirinto

Havia, no monte alto, uma casa enorme, esplêndida, que se avistava de muito longe. Fora construída aos poucos por uma mesma família, em um dos pequenos montes que contrastavam com a paisagem plana da região. Ficava logo depois do rio, subindo pela encosta. À noite, ouvia-se apenas os tristes latidos dos cães para a Lua, como desterrados na escuridão. Mas, pelas manhãs era possível avistar uma névoa espessa a envolvendo, uma neblina pálida que demorava a se diluir no azul metálico e suave daquele céu de julho. O silêncio sepulcral compunha com o verde do entorno uma paisagem que convidava à serenidade. Podia ser tanto um jardim como um cemitério.

Sua construção era o sonho do seo Déda. Não era um homem rico, ao contrário do que se podia supor a princípio. Tinha uma terra pequena, mas produtiva, trabalhava muito e conseguia vender alguma coisa na feira da cidade e em armazéns da região. Era, o que se chamava à época, de um "bem de vida", para manter afastada a identificação com os assalariados, esses sim "mal de vida". Mas a verdade é que não fosse pelo título de propriedade de seus poucos alqueires herdados, o Déda não teria uma vida tão diferente de qualquer peão de roça que havia ali. Plantava, colhia, lidava com gado. "Bem" ou "mal", trabalhava-se muito de todo jeito.

Guardando dinheiro como um obcecado, ele foi aos poucos, em décadas, erguendo aquela casa no terreno alto e distante da cidade. Sacrificou interesses da família, dos filhos e mesmo os cuidados necessários que pelos quais um sítio clama – e, no caso, sem ser ouvido. A obsessão tinha uma raiz profunda, vinha da infância do homem. Quando criança, havia sido dos poucos que frequentaram aulas na escola local. Aprendeu a ler e, graças à biblioteca curiosamente rica dali, teve acesso a livros. Em um deles, encantou-se com ilustrações coloridas que acompanham uma apresentação da civilização cretense, aquela anterior aos gregos, muito antes do nascimento de Cristo. O texto falava de um palácio enorme. As imagens, por sua vez, mostravam colunas coloridas, robustas, fortes e pesadas como o tempo. Falava ainda de um labirinto incrível, criação inumana, que guardava dentro de si um monstro. Déda nunca conseguiu mergulhar a fundo naquela história ou estudar em minúcias o que era só mais um famoso mito antigo. Para ele, ficou cravado não um conhecimento, mas uma imagem e uma sensação: um palácio de colunas coloridas, um labirinto, que ele ainda não sabia o que era, e um monstro dentro, tudo envolvo em um ar amarelado como uma página velha. Pelo menos, foi o que nos disse seu filho, o delegado, quando tivemos que tomar o depoimento até dele para o inquérito.

Ora, o Déda nunca havia visto com os próprios olhos qualquer paisagem diferente daquela cidade. Não era homem de viagens e, mesmo que fosse, não acreditava em novidades. Era daqueles para quem a pequena região bastava para compreender o mundo todo. "Nada há de novo debaixo do sol", citava a quem lhe perguntasse se não tinha vontade de ver pessoalmente o palácio que conheceu por imagens de enciclopédia e que habitou seus sonhos desde a infância e até o fim da vida.

Fato é que construiu a sua própria versão daquela miragem. Trabalhou por anos, às vezes com a ajuda que conseguia pagar, às vezes sozinho. Ao fim, colocou de pé uma casa que era um grande quadrado, riscado à perfeição, cheio de cômodos que se intercomunicavam. Seus corredores convergiam para uma sala central aberta no teto, permitindo que a luz do Sol entrasse. As mesmas colunas do sonho se enfileiravam em todos os quatro lados das fachadas. Cercando toda a construção, havia um jardim. Não um qualquer, mas um jardim em formato de labirinto, coisa que eu nunca entendi, nem ali e nem em nenhum outro lugar.

O mundo já não era confuso sozinho? Pra que construir algo com a função de desnortear, confundir ainda mais? Um jardim é o contrário da natureza. Ele mostra que é possível tornar bonito e ordenado algo que, em si, é puro caos, desordem. Como se pela mão humana, a violência e a falta de sentido do mundo se tornassem um pacato lugar de descanso. Mas um jardim em forma de labirinto, quando alguém inventou isso?

Um labirinto – e isso eu percebi intensamente depois desse caso - tem algo que é maligno: é uma construção, uma criação humana complexa, hermética, só que feita para desnortear. Como se um ser-humano escalasse as alturas de seu pensamento e sua capacidade de dar ordem ao caos do mundo para simplesmente devolver a esse mundo seu caos e sua desordem. Seria o labirinto uma confissão de impotência? Nunca saberemos o que de fato se passava na cabeça do Déda. Sabemos apenas que, sem qualquer aviso, em uma tarde de julho, após um almoço de comemoração no qual ele anunciou a conclusão da obra, enforcou-se na viga de sustentação da sala central. A família ficou consternada. Não havia nada naquele homem que indicasse o que aconteceu. Até por isso redobramos as investigações para ter certeza que não se tratava de algum crime macabro como os que ocorrem de quando em quando em lugares como esse. Policial é que sabe... Mas não, tudo apontou para suicídio.

Deixava cinco filhos, quatro deles morando ali e cuidando da roça. Venderam o mais breve que puderam a terra e foram embora pra longe. Compreensível, ninguém quer conviver com essa lembrança. Só não venderam a casa do morro porque o filho mais novo, esse que morava fora, quis ficar com ela. Ele nunca nos disse claramente o motivo, mas sempre achamos que, embora a família visse na construção uma responsabilidade pela morte do pai, ele via ali um legado.

No depoimento que tomamos à época, foi o que ele nos disse, ainda com a mente em desordem: "a casa não tem culpa, era só o sonho do meu pai". Anos depois, quando conseguiu a transferência pra cá, voltou como delegado. Nunca falou do assunto com nenhum de nós. Era um homem sério, reservado, rigoroso no trabalho. Gostava das coisas no lugar. Era casado, tinha um filhinho pequeno e levava uma vida normal. Manteve a casa tal qual seu pai a havia deixado e às vezes parava pra olhar ela de longe, nos fins de tarde, quando o por do sol atrás do monte alto dava um ar tranquilo e ao, ao mesmo tempo, sinistro para o lugar. Eu não acredito no que não vejo, mas sei que aquela casa atraía quem olhasse demais pra ela.

Quando o delegado decidiu se mudar para lá com a família, chegaram a dizer que ele estava um tanto perturbado, falaram até exame médico. Já era estranho manter aquela casa fechada durante tanto tempo, alimentando as histórias bobas de assombração que o povo daqui adora. Diziam que havia um monstro lá dentro e que ele é quem tinha tirado a vida do Déda. O povo inventa crendice para fugir dos fantasmas que cada um guarda dentro de si. Já falei, policial conhece bem isso.

Agora, morar lá? Só de imaginar entrar naquele labirinto devia dar calafrios. Mas ele, diligentemente, foi comprando móveis, decoração, contratando consertos. Seja porque aquilo lhe lembrava o pai, seja por qualquer outro motivo, passou também a trabalhar pessoalmente na reforma. O homem não tinha mais feriados, finais de semana e nem horas de descanso. Sua vida fora da delegacia era trabalhar na casa que também tinha sido a tumba de seu pai. Aos poucos, dispensou qualquer ajuda. Gostava de ficar lá trancado, sozinho.

Uma vez só, levou o filho. Só uma, em meses que ficou naquela vida. Contou que decidiu subir no telhado para arrancar parte da viga em que seu pai havia se enforcado. Aquilo lhe incomodava. Junto com ele, subiu o menino, de sete anos. E, ali, naquela mesma sala central daquela casa bela e horrenda a criança despencou. Dá pra entender porque acreditam em monstros. O delegado ficou desesperado. Correu até a Santa Casa, mas já não tinha mais nada a ser feito. O menino tinha morrido.

Durante muito tempo, outros investigadores desconfiaram dessa história que ele contou. Teria matado o filho? Era possuído por alguma coisa, como pensava um colega nosso muito religioso? Eu nunca acreditei em fantasmas e, por outro lado, não havia nem evidência e nem motivo pra história ter sido diferente daquela declarada no inquérito. No fim, o processo nem chegou a ser aberto e o delegado foi afastado por ordem médica.

Depois de um tempo, ele retomou o trabalho e preferiu continuar na cidade. A esposa, que já não gostava do marido trancado naquela casa vazia em todas as horas que podia, somou o desgosto à desolação com a morte do filho e foi embora. O delegado ficou sozinho e nunca mais se levantou. Parou de frequentar a casa dos pouquíssimos amigos e parou de fazer as raras brincadeiras que antes se permitia. Também recusou qualquer tipo de ajuda. Continuou sendo o homem ordeiro que conhecíamos, mas seu rosto ganhou um ar pálido e ainda mais grave. Eu temi que ele decidisse tomar o caminho do pai. Mas não... Com ele não seria assim.

Sem esposa, deu a obra da casa por concluída

e se mudou pra lá, onde mora até hoje. O motivo ele nunca disse. Talvez tenha mesmo enlouquecido, talvez sofresse de alguma culpa. A casa onde havia se sacrificado seu pai e onde seu filho tinha morrido, passou a ser a casa dele. Sai para vir ao trabalho, resolve tudo com o mesmo rigor de sempre e, ao fim do dia, volta para o estranho palácio do monte alto.

    Quem se perde nessas monstruosidades fica porque ainda busca uma forma de sair ou porque se conforma e entende que não há saída? Ele não morreu, mas ficou no meio do caminho, preso naquele labirinto, quieto como sepulcro, para sempre com uma expressão no rosto que mostrava uma profunda calma, dessas que só se encontra em jardins, ou em cemitérios.

Alexandre Ganan *autor*

Alexandre Ganan de Brites Figueiredo nasceu em José Bonifácio, no interior do estado de São Paulo, em 1983. É filho do Percival e da Bete, irmão da Poliana e da Lílis. Vive em São Paulo (a capital) e trabalha com arte na *Quanta Academia de Artes*, além de realizar consultoria internacional. Ama a música caipira e o universo que envolve essa arte, testemunho de um Brasil mais antigo. É historiador e advogado, com especialização em *América Latina* e *Direito Internacional*. Concluiu seu mestrado e doutorado na *USP*. É também pós-doutorando em *Economia* pela mesma universidade, tendo publicado outros dois livros - *Bolívar - Fundações e Trajetórias da Integração Latino-Americana* e *Ecos do Libertador - Simón Bolívar no Discurso de Hugo Chávez* - suas teses, além de artigos acadêmicos. Essa é sua primeira incursão na literatura.

Tainan Rocha *ilustrações*

Tainan Rocha nasceu em 1989, no estado de São Paulo, mas cresceu na cidade de Barueri - que não é bem interior, mas é como se fosse. Já teve uma dupla de violão - que não era bem sertaneja mas, em alguns momentos, era como se fosse. Figurou entre os finalistas do prestigiado prêmio *Jabuti*, com a HQ *Savana de Pedra* - não ganhou, mas é como se tivesse. Com certeza absoluta mesmo, já viajou para o *Festival Internacional de BD de Beja*, em Portugal, para expor e publicar a versão europeia do álbum *Que Deus te Abandone*. Viajou para o "interior de verdade" algumas tantas vezes, em férias. Usou dessas memórias para ajudar a compor as imagens desse livro. Aprendeu a fazer isso na *Quanta Academia de Artes* onde atualmente leciona Ilustração e trabalha como coordenador junto do Alexandre - que não é seu irmão, mas é como se fosse! Com orgulho, é companheiro da Gabriela, pai do Bento e filho de Kaká e Sonia.